영혼
부자
십계명

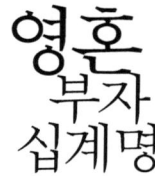

영혼
부자
십계명

초판 1쇄 인쇄 2013년 09월 04일
초판 1쇄 발행 2013년 09월 11일

지은이 성 낙 영
펴낸이 손 형 국
펴낸곳 (주)북랩
출판등록 2004. 12. 1(제2012-000051호)
주소 153-786 서울시 금천구 가산디지털 1로 168,
         우림라이온스밸리 B동 B113, 114호
홈페이지 www.book.co.kr
전화번호 (02)2026-5777
팩스 (02)2026-5747

ISBN 979-11-5585-005-3 03810

이 도서의 국립중앙도서관 출판시도서목록(CIP)은 서지정보유통지원시스템 홈페이지(http://seoji.nl.go.kr)와
국가자료공동목록시스템(http://www.nl.go.kr/kolisnet)에서 이용하실 수 있습니다.
(CIP제어번호 : 2013017065)

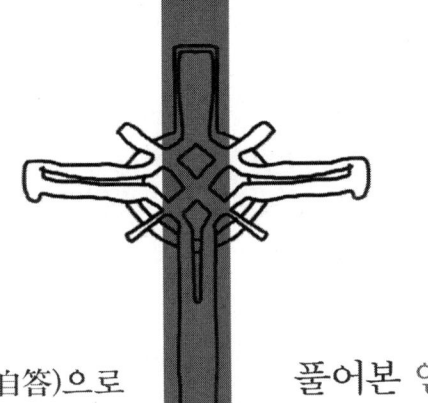

자문자답(自問自答)으로   풀어본 인생 비밀

영혼
부자
십계명

성낙영 지음

book Lab

작가의 말

　필자는 아무리 생각해 보고 또 생각해 보아도 내가 이 글을 썼다는 사실이 믿어지지 않는다. 내가 받은 교육은 국민학교(지금의 초등학교) 3년 다닌 것과 15, 6세 때 한문서당에 7개월 다닌 것이 전부이다.

　부처님께서 사람이 늙으면 죽음으로 가는 것에 대해서 고민하시다가 출가하신 후 대오각성(大悟覺醒) 하셔서 중생들에게 설법하셨듯이 필자는 무식쟁이 청소부이지만 사람이 나이를 먹으면 그만큼 성숙되지 못하고 육신은 추해지고 정신은 흐려지는가 하는 의문에서 출발해서 그에 대한 답을 얻고자 나 홀로 수행을 한 것이 30년 세월이 지났다.

　무식쟁이고 심각한 청각장애로 인해서 그 누구로부터 단 한 마디도 조언을 구하지 못하고 오직 나 홀로 청소 일에 종사하면서 나 홀로 깨닫고 경험으로 터득한 것을 기록하다 보니 금과옥조(金科玉條) 같은 명품 책, '영혼부자 십계명'이 탄생된 것을 세상 모든 분들에게 진심으로 감사드린다. 이 책을 출판해주신 북랩의 손형국 사장님, 박기성 님, 김회란 님과 명품 책이 출판될 수 있는 북랩으로 안내해주신(나무발전소) 김명숙 님께 감사드리며 잘 알아보기도 힘든 필자의 원고를 입력해주신 동부워드 이재순 님과 이

책을 예쁘고 아름답게 만들어주신 북랩의 이소현 님, 신혜림 님께도 감사드린다. 그리고 가시고기와 같은 아빠가 되지 못한 부족한 아버지를 묵묵히 지원해 준 자녀들에게 고맙다는 말을 전하며 못난 남편에게 시집을 잘못 온 죄로 평생토록 고생만 한 아내에게 정말로 미안하게 생각하며 이 영광을 돌려드린다.

필자는 지금까지 살아오면서 단 한 번도 아내에게 사랑한다는 말을 하지 못했는데 이 글을 통해서 사랑한다는 말을 전하고 싶다.

여보, 사랑해.

'영혼부자 십계명'이 세상에 탄생할 수 있게 해주신, 천지 우주 만물과 자연을 탄생시키신 천지부모님이시고 대생명을 나으신 생명의 부모이시며 우주만물이 즐길 수 있는 기쁨과 즐거움을 탄생시키신 희락부모(喜樂父母) 하나님(한울님)께 이 영광을 봉헌하옵니다.

2013년 가을

성자가 된 청소부를 꿈꾸는
저자 성낙영

영혼부자

이 세상에서 최고 부자는 영혼부자일 것이다.

육신의 부자는 무상(無常)하기 때문에 영원한 부자일 수 없다.

영혼은 한 번 부자가 되면 영원한 부자로 살아갈 것이다.

영혼은 영생하기 때문에 단지 나는 영혼부자인 것을 깨치기만 한다면

영원한 영혼의 부자로 영원히 살게 될 것이다.

영혼부자 십계명

1. 화내지 말자. 내 속만 탄다.
2. 미워하지 말자. 나만 미워진다.
3. 욕하지 말자. 내 입만 버린다.
4. 원망하지 말자. 모든 게 내 탓이다.
5. 질투하지 말자. 나만 왕따 된다.
6. 욕심내지 말자. 나만 손해 본다.
7. 거짓말 하지 말자. 언젠가는 드러난다.
8. 비방하지 말자. 부메랑이 되어 돌아온다.
9. 잘 모르는 것을 아는 척하지 말자.
   자신의 무지를 드러내는 꼴이다.
10. 불평불만 하지 말자. 세상이 달라지지 않는다.

생명(生命)은 창조(創造)를 위한 실지며 동시에 창조를 위한 에너지다.

그 생명의 에너지를 어떤 모양 또는 어떤 방법으로 구체화시키느냐 하는 것이 말씀이요, 신념인 것이다.

생명 있는 곳에 지혜 있고, 지혜 있는 곳에 사랑이 있다.

생명은 물질의 무질서에 대해서 질서를 강제하는 힘이다.

질서가 무너지면 생명이 그곳을 떠난 것이다.

차례

1
들어가며

　예수님을 믿으면 천당 간다고 하는데 서울대 총장을 믿는 것으로 서울대에 들어갈 수 있을까? 대학에 들어가는 것도 자격을 갖추고 대학인으로서의 지식과 인품, 인격을 고루 갖추어 대학 시험이라는 관문을 통과해야 입학이 된다.

　파리는 스스로 천 리를 갈 수 없으나 천리마의 꼬리에 달라붙으면 천 리를 갈 수 있다고 하는데 말꼬리에 매달려 천 리를 간다 해도 결국 파리는 파리의 모습으로 살아갈 수밖에 없다.

　부처님을 믿으면 극락왕생한다고 하는데 극락이란 무엇인가. 그곳은 기쁨의 최고지점이자 육체와 생명이 융합되었을 때 갈 수 있는 곳이고 생명과 육체가 분리된 상태에서는 불가능하다.

　깨달음이란 육신의 감각적 시야로 느껴지는 앎을 넘어서 초의식, 초감각적인 또 다른 세계를 인식하는 것이다.

　인생의 '참나'는 영혼이고 동시에 삶이다. 삶에서 건강이란 육신이 성숙되고 변해 가는 만큼 영혼인 생명도 성숙되어야 하는 것이다. 90년을 살든, 100년을 살든 나이가 중요한 것이 아니고 나를 깨닫는 것이 중요하고 깨달은 나를 영글게 만드는 것이 중요하다.

삶에서 기쁨과 즐거움은 인생여정의 조미료와 같은 것이라 어떤 기쁨과 즐거움을 만드느냐는 음식에 어떤 양념을 어떻게 하는가 하는 솜씨이자 기술과 같다.

삶에서 몸이 변해 가는 만큼 영혼인 생명도 따라 가야 성명쌍수(性命) 영육쌍전, 동반성장하는 것이다.

태어날 때 아무것도 알지 못하는 무지로 태어나 알 수 없는 세계로의 여행에서 경험으로 배우면서 살아가는 것이 공부다. 외적 공부(지식 공부), 내면 공부를 통해 스스로의 삶에서 경험과 느낌으로 배워나가는 것이 공부이고 수행인 것이다.

말은 생명에 영양을 공급하는 원동력이고 영혼의 양식이며 생각과 상상, 감정을 창조적으로 표현한다. 그래서 잘 사용하고 소중하게 가꾸어 좋은 말을 만들어내야 한다. 인생사, 사람 사는 세상에서 말이라는 창조성을 가진 것이 없었다면 우주도, 지구도, 만물도, 드러나지 못하고 두리뭉실하게 하나였을 것이다.

태초에 말씀의 원재료인 원소와 인자가 존재했기 때문에 말씀이 출현했고 나라는 존재도 말씀에 의해 드러났다.

에덴동산의 생명나무는 사람을 상징적으로 표현한 것이다. 지구상에서 땅에 뿌리를 내리고 생존하는 수많은 나무 중에 이름이 없는 나무는 없다. 어떠한 형태로든 나무에는 명함이 박혀 있는데 생명나무라고 부르는 나무는 존재하지 않는다. 생명이 심어져서 자라는 나무는 바로 사람이다. 아기, 즉 모태에서 생명이 심어져 세상에 나오고 인생이라는 나무로 성장하니 사람이 곧 생명나무이다.

사람의 내면에는 생명을 성장시킬 수 있는 생명의 영양소인 생소가 무한 잠재되어 있다. 다만 그것을 우리는 모르고 살아가는 것이다. 그 생소가 솟아올라 생명의 영양소가 되기 위해서는 그 생소를 스스로 채굴하고 끌어올려서 사용해야 하며 다른 누군가가 그 일을 대신해줄 수는 없으니 그 방법을 깨친 사람이 방법을 일러줄 수는 있으나 직접 끌어내주지는 못하는 것이다. 사람 속에는 생명의 과실을 볼 수 있는 지혜가 잠재되어 있으나 우리는 아직 지혜의 눈을 뜨지 못했다.

열매는 나무에서 생겨서 나무에서 성숙되고 결실을 맺는다. 지구상에 수십, 수만, 수백만 종의 나무가 있지만 생명이라는 열매가 열리는 나무는 없다. 나무가 일 년이라는 사계절 동안 변하면서 성장하는 동안 열매도 계절 따라 변하면서 영글어 성숙되고 온전한 열매로 만들어지듯이 영혼인 생명도 육신이 성장하고 변해 가는 것에 따라 함께 성장하는 것이다. 생명나무의 과실을 주어도 과실을 보고 느낄 수 있어야 먹을 수 있다. 그 과실 속의 생소를 볼 수 있는 지혜의 눈이 떠져야 한다는 것이다.

생명체인 몸은 공기가 없다면 살아갈 수 없고 사람의 주체인 영혼은 공기 속의 공기라고 할 수 있는 생소의 또 다른 호흡으로 성장한다.

육신인 몸은 일생 동안 유년, 소년, 청년, 장년, 노년의 단계를 거치면서 변하고 성숙되는데 그에 따라 개성생명도 동반성장을 이루어야 인생 여정의 소망을 이루는 것이다.

사람은 육신과 영혼, 유한성과 무한성인 내외 양면으로 구성되어 있다. 유한성인 몸은 물질로 구성되어 있어 오감으로 인식되고 무한성인 영혼(생명)은 지식이나 감각적으로 인식되지 않고 지혜로 인식되는 것이다.

성령이란 육신을 표현한 것이 아니고 영혼을 이르는 말씀이다. 그러므로 성령은 교회라는 특정한 건물이나 집단을 향한 것이 아니라 영혼을 향한 것이다. 청각으로 들리는 소리가 아닌 영성의 성장과 개발로 성령의 음성, 영혼의 음성을 들으라는 것이다.

진리는 다양한 맛을 간직한 음식의 재료와 같은 것이다. 만드는 사람의 솜씨에 따라 맛 또한 다양하고 독특해진다. 진리는 다양한 면을 지닌 보석과도 같다고 했다. 보는 사람, 보는 각도, 조명 또는 놓인 장소 등에 따라 여러 가지 감상이 나올 수 있다. 진리는 참으로 알기 어려운 것이기도 하다. 또한 혼자 스스로 터득해 아는 것이고 그것을 다른 사람이 대신해줄 수는 없는 것이다.

삶은 오직 스스로만 만들어 가는 것이다. 밥을 대신 먹어줄 수 없고 잠을 대신 자줄 수도 없는 노릇이다.

길은 도요, 도는 길이다. 길은 다니는 것이고 도는 것이다. 길도 드러난 길과 드러나지 않은 길이 있다. 드러난 길을 육신이 다니는 길이고, 드러나지 않은 길은 생명인 영혼이 다니는 길이다. 드러난 길을 닦는 것이 도로공사이고, 드러나지 않은 길을 닦는 것은 수행이다. 수행은 특별히 시간을 따로 정해 놓고 가부좌를 틀고 앉아 하는 것도 중요하지만 일상생활이 곧 수행으로 이어져야 한다. 수행의 목적은 나를 알기 위함이고 알게 된 그 무언가를 더욱 성장시키고자 하는 것이다. 수행에는 한계나 끝이 없고 인생을 졸업할 때까지 수행해야 다음 생에 좋은 몸, 좋은 환경, 좋은 인연을 만날 수 있다. 또한 내가 듣고 배운 것을 넘어 자신만의 지혜로 관조(觀照) 능력을 확대하고 팽창시키고자 하는 훈련이 곧 공부이며, 수행인 것이다.

모든 생명체는 호와 흡인 숨질하는 연속적 행위로 살아간다. 반복적이고 지속적인 호흡작용이 보이게 되면 깨달음에 한 발 성큼 다가선 것이다. 삶에서 호흡의 이치를 깨치기도 어렵고 호흡이 없으면 한순간도 살아갈 수 없지만 그 중요함을 알기도 어렵다. 영혼의 성장요소인 내면의 호흡, 즉 '참나'의 호흡을 쉽게 깨우치려 하는 것은 ㄱ, ㄴ도 모르면서 팔만대장경을 설법하려는 어리석음과 같다.

공부를 잘하는 것도 여러 가지 재능 가운데 하나일 뿐이다. 행복 또한 여러 가지 소질 중에 한 가지 특기일 뿐이다. 타고난 천재보다 노력하는 둔재가 낫다는 말도 있듯이 건강한 체질을 타고났어도 노력하지 않으면 더 건강해질 수 없다. 중요한 것은 건강에 대한 이치를 깨쳐야 하고 깨달은 이치를 실생활에 적용하는 훈련을 하고 노력해야 한다는 것이다. 자신을 알고 깨달았다고 하는 것도 여러 가지 재능 중에 한 가지일 뿐이고 부처님의 지혜도 남이 깨닫지 못한 것을 스스로 터득해서 설법하신 것이다.

의식과 진동, 맥박을 최대한 긴장하고 팽창시켜야 좋은 생각과 지혜가 떠오른다. 마치 현악기의 줄을 끊어지기 직전까지 최대한 당겨서 조율해야 좋은 소리가 나오는 것과 같다. 더 큰 성공을 위해서는 행동을 해야 하고 더 큰 꿈을 가져야 하며 그 꿈을 확실히 밀어야 이루어진다.

어제의 경험이 오늘의 교훈이 되어 미래의 이정표가 된다. 지난날 삶의 일상이 오늘이라는 영양분이 되어 미래로 나아갈 에너지가 된다.

삶은 단거리 경주가 아닌 장거리 경주, 마라톤과 같다. 마라톤은 포기하지 않는 끈기와 노력이 없으면 완주할 수 없다. 마라톤 출발선은 태어남과 같고 라인을 출발하면 죽음을 향해 달리는 것이다. 마라톤 반환점은 죽음으로의 달리기에서 탄생, 즉 삶으로 돌아오는 시작점이자 귀향길이다. 출발은 동시에 하지만 반환점부터는 혼자 달려야 한다. 태어나는 과정은 엇비슷하지만 성장하는 과정에서의 노력과 정성, 의지와 끈기는 오로지 자신의 몫이다. 어영부영 놀이 삼아 달릴 수 없고 열심히 달리지 않으면 탈락하고 만다. 삶도 마찬가지다. 심심하다고 놀이 삼아 사는 사람은 인생의 낙오자가 된다. 마라톤에서 똑같은 순위는 없다. 자신이 달린 만큼의 순위에 만족하고 행복하게, 기쁘게 즐기는 수밖에 없다. 삶도 똑같은 것은 없다. 지구에 백억의 인생이 있다면 삶의 방식 또한 그처럼 다양하다. 스스로 열심히 노력하고 결과에 만족하며 즐기고 행복하게 살면 된다.

이기는 자란 누구와 다투어 이긴 자를 가리키는 것이 아니라 스스로 자신을 이긴 자를 이르는 말씀이다. 스스로 자신을 이긴 다는 것은 고난과 역경, 슬픔과 좌절을 딛고 오뚜기처럼 일어서는 것이고 질병과 가난의 고통도 극복하고 일어서는 자일 것이다. 또 한 부정적이고 소극적인 생각을 긍정적이고 적극적인 생각으로 바 꾸며 성장하는 자일 것이다.

세월은 개개인의 삶을 만들어가는 데 필요한 배경과 효과음이 다. 오늘이라는 삶의 한 부분에서도 매일 그 배경과 효과가 변하 고 펼쳐지며 이루어진다. 세월 앞에 변하지 않고 마모되지 않는 것은 없다. 동시에 세월 속에서 치유되지 못하는 것은 없고 새로 워지지 않는 것도 없으며 변하지 않는 것도 없다. 인생무상 세월 무상이라 했던가.

죽음이란 영혼의 눈으로 바라보면 빛의 세계로의 여행이고 육 신의 눈으로 바라보면 어두움으로 가는 것이다. 지식적인 관점에 서 보면 소멸되어 없어지는 것이고 지혜의 관점으로 보면 새 옷을 입기 위해 헌 옷을 벗어던지는 것과 같다. 죽음을 잠으로 바꾸어 보면 자고 깨는 속도가 짧고 길고, 느리고 빠르다는 차이만 있을 뿐 자고 나서 깨어난다는 것은 같다. 죽음은 옷을 갈아입는 것이 다. 한 벌의 옷으로 평생 살 수 없고 자주 갈아입어야 하는 것처 럼 육신도 늙고 허약해지기 때문에 갈아입을 수밖에 없다.

그런데 옷을 갈아입는 것인데 병원에 갈 필요가 있을까. 옷을 수선하기 위해 수선집을 찾는 것처럼 아픈 몸을 고치기 위해서는 병원을 찾아야겠지만 갈아입는 데는 병원이 필요 없다.

죽음은 양지에서 음지로 가는 것이고 태어남은 음지에서 양지로, 어두움에서 빛으로 가는 것이다. 밤에 자는 것이 아닌 그저 방향이 바뀐 것이다.

우주는 풍요롭다. 우리는 우주의 풍요로움을 믿고 그것을 누려야 한다. 우주는 모든 생명체의 자궁이고, 모태이며, 만물이 존재하고, 생을 누릴 수 있는 동력인 영양과 힘이 가득한 에너지의 보고이며, 무한한 자비와 사랑의 원천이다.

우주에 나타는 모든 생명체는 움직인다. 움직이지 않는 생명체는 없다. 움직임의 근원은 힘이요, 에너지요, 진동이다. 에너지 없는 움직이란 존재하지 않는다. 하나님은 생명과 에너지를 떠나 별개로 존재하는 것이 아니고 하나님 안에 생명이 있으며 생명 안에 에너지가 존재하는 것이다. 정리하자면 하나님 안에 내가 있고 내 안에 하나님이 있다.

하나님의 낙원은 동산이나 지명을 가리키는 것이 아니고 즐거움이 솟아는 곳, 즐거움이 창조되는 곳을 의미한다. 그곳은 바로 나의 생명이 깃들어 존재하는 곳이고 하나님이 거하시는 천신궁(天神宮)이다. 지구상에 그 어떤 아름다운 공원이나 놀이동산이 있다 해도 그 자체가 기쁨과 즐거움을 솟아나게 하지는 못한다. 즐거움은 육신의 즐거움과 영혼의 즐거움으로 대비되며 육신의 즐거움을 가져다주는 재료는 감각적 지식으로 인지되고 영혼의 즐거움을 가져다주는 재료는 오감을 넘어선 지혜의 눈으로 보인다.

원인과 결과를 알지 못하면 나를 알 수 없고 나를 알지 못하면 하나님, 한울림을 알 수 없다. 이 책을 읽으면서 원인과 결과를 찾아가는 과정을 통해 행복한 삶을 살 수 있는 지혜를 찾을 수 있기를 바란다.

2

왜 **자문자답**인가

나는 나이 70살이 넘었다. 지식이 없고, 지혜도 없으며, 어리석고, 게다가 청력마저 약해 상호 대화가 자연스럽지 못하다. 이런 상황에서 궁금한 것은 많지만 직접 만나 물어볼 만한 스승이나 친구도 없으니 그저 혼자 삶에 대한 의문을 가지고 생각하며 나름대로 느끼고 깨달은 것이 있었다. 스스로 물어보고 그에 대해 대답해보고자 하여 자문자답이라고 이름 붙였다.

3

평소 어떤 의문을 가지고 있었으며, 그에 대해 생각하면서 무엇을 느끼고 깨달았는가

나는 강원도 두메산골 가난한 농가에 태어나 배운 것이 농사밖에 모르고 살아 왔다. 그러다 50여 년 전 우연히 어떤 종교와 인연이 닿아 2, 3년 후 서울로 올라와 고생하면서도 신앙생활을 10년 이상 했다. 그러다 문득 왜 사람이 늙으면 나이에 걸맞게 성숙되지 못하고 오히려 어린애들처럼 되는가 하는 의문이 생겼고 그 해답을 찾고자 노력하게 되었다.

4

사람이 늙으면서 건강, 인격 그리고
그 밖의 여러 가지가 성숙되지 못하는 것은
무엇 때문인가

인간(人間)을 비롯한 체를 쓰고 있는 동물은 먹고 배설하고 잠을 자야 살아갈 수 있다. 이는 성인도, 구세주를 자칭하는 사람도, 권력자도, 누구에게나 공통된 필수 조건이며 먹고 싸고 자고 깨는 것은 평등이다. 여기서 잠깐 청소부의 평등가를 하나 읊고 이야기를 이어가고자 한다.

평등가

임금이 사랑하는 모양이나
거지가 사랑하는 모양도
같은 짓거리요.
부자가 배부른 것이나
가난뱅이 배부른 것도
배부른 것은 매한가지.
성자의 기쁨이나
중생의 기쁨이나
즐겁기는 매한가지.

박사가 하는 숨질이나
무식쟁이 하는 숨질이나
나가고 들어가는 것은 한 가지.
사랑이나 배부른 것이나
기쁘고 즐거운 것이나
숨질하는 것이나
이 모두가 영원한 평등이어라.

　임금이나 성자나 부자나 서민이나 평등가를 떠나서는 존재를
이어갈 수 없다. 인간을 포함한 체를 쓴 모든 동물은 공통된 길
을 가고 있으니 태어나고 성장한 다음 죽음이라는 문을 넘어가게
되어 있다. 이것 또한 평등이다. 이 평등의 원칙을 놓고 보면 단지
태어나고 슬어짐의 반복이다. 즉 윤회요, 생로병사(生老病死)의 순
환 반복이다.

5

육신의 삶은 생로병사의 순환을 벗어날 수 없는데 어떻게 살면 더 가치 있는 삶으로서 순환 대열에 동참할 수 있는가

사람이 생로병사의 윤회를 반복하면서도 사람다운 삶, 인간다운 삶을 살아가기 위해서는 사람의 구성요소인 신체를 구성하고 있는 요소를 제대로 알아야 된다. 사람을 구성하고 있는 것은 육체와 정신, 몸과 마음, 영인체와 육체, 그 밖에도 여러 가지로 설명하되 내외(內外) 양면으로 표현했으며 내면이 주체(주인)이고 외면인 육신은 주체인 내면의 그 무엇에 따르게 되어 있다고 한다.

몸과 마음으로 구성되어 있는 것에 대해 다양한 표현을 하고 있으나 필자는 사람이라면 육체에 생명이 깃들어 있어야 사람인 것이지 사람에서 생명이 떠나면 시체일 뿐이고 더 이상 사람이라고 생각하지 않는다. 사람은 보이지는 않으나 분명히 존재하는 생명과 보이는 육체(육신)로 구성되어 있다.

6
생명과 육체의 성장에 대해서

사람이 모태에서 수태, 즉 안착이 되면 영양분을 흡수해야만 성장한다. 육신은 물과 공기 그리고 물질을 통해서 영양을 공급받는다. 이런 내용은 새삼 설명할 필요 없이 모든 사람이 다 아는 사실이다.

내면의 성장: 생명(生命)의 성장

물질로 구성된 육체가 물질인 물질을 섭취하고 물질 속의 영양분의 작용으로 성장한다면 영인 생명은 물질 이전의 원소를 받아들이고 동화함으로써 성장하게 된다. 우리가 살고 있는 우주에는 다양한 원소(原素)가 존재하고 있으며 그 다양한 원소는 이 세상에 수많은 개성체(個性體) 중에서 가장 필요로 하는 곳으로 찾아간다. 이 세상에 수많은 개성체가 필요로 하는 욕구를 충족시켜 주고 보급해 주는 원초적 보고(原初的寶庫)가 있으니 그 보고는 다름 아닌 자연(自然)이다. 인간이 제아무리 노력해도 자연이 허락하지 않으면 노력의 결실을 보지 못한다.

7

생명은 다양한 생소 가운데
어떠한 생소를 받아들이고 동화함으로써
성장하는가

개성체가 생을 유지하는 데 물질 이외의 필수 필요적 욕구가 있
으니 그것은 바로 우리 모두 다 아는 물과 공기다. 물과 공기를 요
약해서 산소와 수소라고 말한다. 개성체가 생명을 유지하기 위해
서는 물질과 산소, 수소, 즉 물과 공기를 공급받으면 개성체는 생
로병사의 순환 대열에 흘러가되 생명인 영의 성장은 없는 여정을
보내게 된다. 앞에서 사람에서 생명이 결여되면 더 이상 사람이
아니고 시체라고 말한 것처럼 생명의 성장 없는 삶이란 다만 태어
나 스러지는 현상의 반복일 뿐이다.

영인 생명이 다양한 요소 중에 어떠한 요소를 받는지 구체적으
로 보면, 생명을 성장시키기 위해서 필수적으로 필요한 요소는 생
소(生素)다. 공기 중에는 산소, 수소 그리고 또 하나 생소라는 원소
가 존재하며 이 생소가 영인 생명체의 성장에 필수 요소인 것이다.

그렇다면 생소를 어떻게 받아들여 영의 성장을 도울 수 있을까.

현재는 우주 과학이 많이 발전되어 공기를 가속기로 초고속으로 가속해서 양장, 전자, 중성자들의 변이를 보고 다양한 연대측정 또는 다양한 우주 생성과정을 알아내고 있다. 우주에 가득 차 있는 빛과 공기의 생성소멸의 과정도 자세하게 설명하는 시대에 우리는 살고 있는 것이다. 고온의 빛이 순간적으로 입자, 반입자를 만들고 사라지면 만들어진 입자와 반입자는 다시 결합해 빛으로 환원되는데 전자를 쌍생성이라고 하며 후자를 쌍소멸이라고 한다. 빛이라고 하는 원소는 이와 같이 쌍생성, 쌍소멸을 반복하면서 항상성을 유지한다(이석영, 『우주 강의론』 참조).

우주에는 천억 개의 은하가 존재하며 그 중의 하나가 우리가 살고 있는 우리 은하이며 우리 은하에는 천억 개의 별이 존재한다. 천억 개의 별 중에서 하나의 별이 수명이 다 되어 소멸, 초신성으로 폭발하면서 많은 별이 만들어지는데 과학에서는 그 중 하나가 우리가 지금 살고 있는 별이라고 설명한다. 천억 개의 별을 거느린 우리 은하에는 수많은 물질 요소가 존재하는데 발견된 요소들은 대부분 원소의 성질을 설명하지만 그 중에서 가장 많이 있기는 있지만 그것이 무엇이며 어떠한 원소인지 규명을 못하는 원소가 있다. 그 질량이 모든 원소의 70%나 되는데 존재하기는 하나 무엇인가 규명하지 못하여 암흑물질 요소라고 명명하는데 자문자답을 쓰고 있는 필자는 암흑 물질원소를 생소라고 명명하고 이것이 영인 생명체의 성장에 필수적 필요 원소라고 본다.

그런데 암흑물질 원소인 생소를 받아들여 영의 성장을 돕는 이치는 우리가 밥을 먹고 물을 마시듯 설명이 어려우며 이와 같은 생소를 받고 느끼고 깨닫는 것은 지혜의 성장과 통찰력을 얻기 위해 부단히 노력하고 또 노력하고 분투노력 해야만 느끼고 깨닫고 얻을 수 있는 것이다.

불입문자(不立文字) **교외별전**(敎外別傳)

천억 개의 우주가 존재하며 거대한 우주 이 우주를 우리는 모든 지혜와 역량을 총동원해도 이해하기도 이해할 수도 없는 우주를 필자는 어떻게 필자의 나름대로 설명하는지.

우주(宇宙)는 말인 언어로 또는 문자로 설명하고 이해할 수 없는 것이나, 인류 역사 이래 수많은 과학자와 종교인 또는 성현들이 나름대로 연구하고 노력해서 인간의 지식과 언어로 표현해서 가르치는 것이 우주라고 이름을 붙여서 말한 것이다. 우주라는 한자를 보면 宀, 干, 由 집이라는 뜻이다. 집이라고 하는 것은 인간이나 동물이 생활하는 공간이다. 그 밖에 여러 가지로 표현할 수 있을 것이나 인류나 동물이 거처하기 위해 만든 것이다. 집이다.

8

이 거대한 우주라는 집을 만든 주인은 누구이며 무엇에 쓰기 위해 만들었는가

이 세상에는 다양하고 또한 수많은 집이 있다. 그 집은 모두 주인이 있다. 동물의 집이나 날아다니는 날짐승의 집이나 주인이 있고 임자가 있다. 그런데 이러한 우주가 주인이 없겠는가. 움막이나 초막도 임자가 있고 주인이 있는데 하물며 우주라고 하는 거대한 집의 임자나 주인이 없다면 이치에 맞지 않는다.

그렇다면 우주의 주인은 과연 누구일까.

우주의 주인을 이해하기 위해서는 우리 인간, 다시 말하자면 사람에 대한 설명으로 우주의 주인을 설명할 수 있다.

몸의 집인 육신은 생명이 생활하고 쓰기 위한 집인 것이다. 이와 같은 이치로 본다면 우리가 보고 알고 있는 우주는 외적인 우주와 보이지 않는 우주의 주인이 있을 것이니 필자는 그것을 곧 생명이라고 하며 생명의 근원이자 생명의 원천이며 생명의 본류라고 본다. 또한 대생명, 생명의 부모로서 분명히 존재하고 있는 것이다.

보이는 우주의 주인은 보이지 않는 또 하나의 우주가 존재하며 보이는 우주의 주인이며 그 주인은 다름 아닌 대생명이라고 말씀하시는데 대생명, 다시 말해 생명의 본류요, 근원이요, 바탕이며 생명의 주인인 생명의 부모와 우리 인간을 포함한 만물은 어떠한 관계일까.

여기서 잠깐 짚고 넘어가야 할 생명의 근원의 명칭을 정하고 넘어가야 될 것 같다.

우주의 근원 만물의 근원을 하나님 불성 하느님 그 밖에 여러 명칭으로 사용하고 있지만 본바탕 근원에 얼마만큼 접근하느냐에 따라서 근원의 정의가 나타난다. 그래서 필자는 우주의 본류요, 만물의 근원을 한울림이라고 명명할 것이다. 왜 한울림인가에 대한 설명은 다음 기회로 남겨두고 이제 본론인 우주와 인간과 만물과의 관계에 대해서 말씀을 사용할까 합니다.

태초에 우주와 만물이 존재하기 이전에는 오직 한울림의 상상만 존재하고 계셨다.

태초의 한울림이 우주를 창출시킬 대생명을 생성시키셨는데 여기서 잠깐 자문자답을 쓰고 있는 청소부는 평소에 즐겨 부르던 시 한 수 읊조리고 넘어가고자 한다.

아버지 홀로서

외로울 때 어머님 즐거움 되어
살포시 다가와 아버지 품에 안기셨네.
포근히 말없이 기쁘시고

소리 없이 즐기실 때 그 사랑
위대해 우주를 탄생시킬
대생명 낳으셨네.
기쁨의 아버지 즐거움의 어머니
그 능력 무한해 만물을
가득 실은 우주를 탄생시켜
무한의 기쁨과 즐거움
부여받은 개성(個性)의 생명들
저마다 생긴 대로 기쁘고 즐기면서 달려가네.
부지런히 어디론가 더 큰 기쁨 만나서 기쁘고
즐기려고 달려가네.
부지런히 아버지 곁으로 달려가네.
부지런히 어머니 품으로.

한울림께서 우주 만물을 탄생시킬 때 준비과정이나 면밀한 관찰, 연구 없이 그저 한순간 뚝딱 우주를 탄생시킨 것이 아니다. 우리 인간이 일상에 필요한 생활용품, 물건 하나를 만드는 데도 작품을 구상하고 설계를 만들고 여러 가지 준비를 갖추어서 작업을 시작해서 상품을 완성시키는데 하물며 거대하고 웅장하고 심오하고 경이로운 대우주를 생성시킬 때 아무런 준비 없이 한울림의 무한하신 능력으로 순간에 뚝딱 모든 우주 만물을 탄생시킨 것이 아니고 유구한 세월을 지나면서 구상하고 설계하셔서 우주 만물을 탄생시키신 것이다. 우주 나이가 137억 년이라 하는데 그렇다면 오랜 세월 동안 구상하시고 연구하시고 준비하셔서 탄생시킨 거대한 우주 만물을 아무런 목적이나 바라는 소망이 없이 그냥 탄생시키셨을까. 아니면 무한능력 한울림도 바라시고 기대하시는 어떤 소망을 가지시고 우주 만물을 탄생시켰을까.

그렇다. 한울림께서 창생시킨 모든 생명체는 저마다 소망이 있고 누리고 싶고 가지고 싶고 이루고 싶은 희망이 있는데 만물의 주인이신 한울림께서 그와 같은 소망이 없겠는가? 한울림께서도 우리와 같이 누리고 싶고 이루고 싶고 바라는 소망이 있으시다. 설명하자면 사람을 중심으로 풀어가야 한다. 한울림은 모든 생명체의 대표적 표본이고 최고의 모범이며 한울림과 가장 합당한 존재이고 한울림을 가장 잘 대변할 수 있는 존재로서 사람을 세우셨다. 그래서 사람을 통해서 한울림을 알고 사람을 통해서 한울림의 뜻을 헤아릴 수 있는 것이다.

여기서 잠깐, 필자가 독자에게 한 가지 질문을 하겠으니 나름대로 대답해주시기 바란다.

삶에서 가장 이루고 싶고 누리고 싶고 가지고 싶은 것 중에 가장 최고의 가치를 지닌 것은 무엇인가?

답변하는 독자의 소망은 권력, 부, 명예, 건강, 장수, 가족과 친척의 행복 등 일일이 다 말할 수 없이 많겠지만 그와 같이 많은 누리고 싶고 가지고 싶고 이루고 싶은 것은 과욕이며 그와 같은 다양한 소망을 모두 누리고 사는 사람은 이 세상에 단 한 명도 없을 것이다. 그러니 그중에서 최고의 가치로서 이루고 싶은 소망은 사랑이라고 말할 수 있다.

9
사랑에 대해서

　사람이 살아가면서 단지 의식주만 해결하고 살면서는 삶의 만족을 느끼지 못한다. 그래서 사랑이란 것도 필요한 것이다. 이 세상에서 사랑만큼 많이 쓰이고 사랑만큼 흔한 것도 사랑만큼 귀한 것도 없을 것이다. 그러니 사랑에 대해 설명하자면 사람 사는 세상을 들여다보고 사람 사는 세상을 읽을 수 있어야 된다.

　사람 사는 세상과 사람 사는 세상을 들여다보는 방법, 즉 세상을 이해한다고나 할까.

　사람 사는 세상을 살펴보면 사람의 사는 모양과 생활방법은 참으로 다양하다 또한 사랑에 대해서도 천차만별의 사람이 있고 사랑하는 방법이 다양하다. 그런데 사랑이란 말, 즉 단어 속에는 만족과 행복, 즐거움, 기쁨과 같은 요소가 내포되어 있다. 그래서 우리 모두는 사랑을 하고 사랑을 찾고 사랑을 만들고 사랑을 누리고 사랑을 가지고자 한다. 이와 같은 사랑의 요소와 욕구는 사랑의 종류에 따라 그 가치가 다양하다. 예를 들면 부모가 자식을 사랑하는 것과 자식이 부모를 사랑하는 것, 친구와의 우정, 애인과의 애정, 부부 간의 정 등 이와 같이 다양한 사랑은 그 사랑에 대한 질량이 다르다. 필자는 이와 같은 다양성의 사랑 가운데 최고의 질량으로 선택해서 말하자면 사랑 속에 내재되고 일어나는 최고의 질량, 즉 가치는 기쁨과 즐거움이다.

그렇다면 최고의 사랑으로 최고의 기쁨과 즐거움 그것이 어떤 사랑에 내재되어 있으며 그에 대한 의미는 어떻게 설명할 수 있을까.

앞에서 사람의 최고로 소망하고 가지고 싶고 누리고 싶고 이루고 싶은 것이 기쁨과 즐거움이라고 했다. 사람이 사랑을 동경하고 존경하는 것은 사랑 속에 내재되어 있는 기쁨과 즐거움의 요소가 있기 때문이다. 만약 사랑 속에 기쁨과 즐거움의 바이러스(인자)가 입력되어 있지 않다고 한다면 사람들은 사랑을 그와 같이 동경하지 않을 것이다. 사람의 일상을 들여다보면 열심히 노력한다면 노력의 대가로 궁극에는 기쁨과 즐거움이 기다리고 있다는 것을 인간의 내면에서는 이미 알고 있기 때문에 궁극의 기쁨을 성취하기 위해 노력하는 것이다. 밥을 먹는 것도 잠을 자는 것도 내일이라는 미래의 시간은 나에게 기쁨과 즐거움이 보상이 오리라는 희망을 가지고 사는 것이다.

그렇다면 무엇을 보면 세상 사람이 생활에서 다양한 생활과 다양한 사랑 속에서 최고의 가치라는 기쁨과 즐거움이라는 것을 읽을 수 있고 볼 수 있을까.

세상을 들여다보면 부자나 서민이나 권력자나 힘없는 자나 누구나 사랑을 찾고 가지고 이루고자 한다. 그 속의 기쁨과 즐거움 때문이다.

여기서 잠깐 청소부의 희망가를 한 곡조 뽑아본다.

아버지 기쁘시면 어머니 즐겁고

애인이 기쁘면 연인도 즐거워
기쁨이 있는 곳엔 즐거움이 따르는 것
바람이 혼자이면 외로울 거나
구름이 춤을 추면 즐겁게 따르네
태초에 기쁨이 홀로서 외로울까
즐거움 소생해 기쁨의 품에 안겼네 포근히.

앞에서 우주의 주인이고 만물의 근원이자 생명의 원천이요, 생명의 본류인 근본을 필자는 한울림이라고 명명했다. 이제 한울림을 다른 명성으로 존칭해 부르고자 하는데 희락(喜樂)이라고 부르려고 한다.

기쁠 회(喜), 즐거울 락(樂). 그래서 만류의 근원이신 한울림이시고 희락부모(喜樂父母)라고 쓸 것이다.

사람들은 천지음양(天池陰陽)을 말하면서도 하늘 아버지는 많이 찾고 부르는데 하늘 어머니는 쓰지 않고 부르지 않는다.

그래서 필자는 희락부모, 즉 기쁨의 아버지(父)요, 즐거움의 어머니(母)라고 쓰고 부를 것이다.

10
희락부모(喜樂父母)에 대해서

　세상만사 진리라고 하는 것은 이치에 맞아야 진리인 것이지 이치에 맞지 않으면 아무리 좋은 말씀이라고 해도 진리가 아니고 억지다. 이 세상 모든 것은 사물이나 생물이나 음과 양으로 구성되어 있다. 이와 같은 음양을 좀 더 업그레이드한 것이 희락(喜樂)이고 기쁨의 아버지(父), 즐거움의 어머니(母)라고 쓰는 것이다.

11
천부천모(天父天母)

세상만사에서 세상에 태어나도록 도와주고 밀어주고 키워주고 만들어준 그 장본인을 아버지, 어머니, 즉 부모(父母)라고 한다. 그렇다면 만상 만물을 태어나게 하고 자라면서 성장하면서 살아가게 만든 근원이 한울림이시니 천부천모(天父天母)라고 하는 것이다.

이번에는 세상 만물 만사의 궁극의 소망은 희락이라고 하는 것을 세상 물정을 살펴가면서 이야기하고자 한다.

세상 돌아가는 형태는 실로 다양한데 기쁨과 즐거움에 대해 무엇을 보고 설명해야 할까.

우리 모두는 살아감에 있어서 필수조건인 의식주를 향한 욕구를 빼놓을 수 없고 그 다음이 종족 번식의 본능을 가지고 있다. 이것은 인간 이외의 모든 생명체를 포함해서 이미 입력되어 있다. 그 다음은 취미생활이다. 취미생활은 의식주에서 자유로워지면 다시 말해 여유가 생기면 찾게 되는 것이다. 먹고 살기 바쁘다 보면 취미를 생각할 수조차 없으나 삶에서 여유가 생기고 시간이 또한 여유로우면 자연발생적으로 무엇을 찾게 되는데, 이것이 곧 개인의 다양한 형태의 취미생활이다. 그런데 취미생활에서 얻어지는 기쁨과 즐거움은 희락을 요구하는 본능을 충족시켜 줄 만큼 크지 않다고 말할 수 있다.

모든 생명체는 종족의 번식을 위한 원초적 행위로 사랑한다. 다른 말로 하자면 짝짓기 성행위(섹스)와 같은 행위를 하는 것으로 부산물로서 기쁨이 생기는 것이다. 원초적 행위에서 이루어지는 기쁨, 이것을 세상말로 하자면 오르가즘, 클라이맥스라고 한다. 이런 문구를 사전에서 찾아보니 기쁨의 극치, 즐거움의 절정 등으로 해설해 놓았다. 사랑의 궁극의 목적은 기쁨과 즐거움, 즉 희락이라고 하는 것이다. 그런데 동물은 종의 번식을 위해서 짝짓기의 시기가 있다. 이 시간 이외에는 짝짓기가 허락되지 않는다.

그런데 사람은 어떤가. 종족번식의 시간 이외에도 짝짓기, 즉 성행위, 사랑이라고 하는 것이 허락된다. 이것은 기쁨의 근원, 희락의 원천에서 주어진 특혜인 것이다. 왜 인간에게 이러한 특혜가 주어졌는가 하면 희락의 원천은 대생명인데 대생명은 근원과 가장 동등한 생명을 심어 준 우리 인간을 통해서 희락의 원천인 근원은 기쁨을 누리시기 위함이다.

그러면 더 큰 희락을 어디서 찾을 수 있을까. 취미보다 더 큰 기쁨은 사랑에서 이룰 수 있는데 이 사랑으로 이루어지는 희락은 지극히 순간적이다. 많은 노력을 들여서 얻어지는 기쁨과 즐거움은 지극히 짧은 순간이다. 그래서 모든 사람은 환각이라고 하는 기쁨을 찾게 된 것이다. 인간은 지속적 기쁨을 요구하는 속성이 내재되어 있기 때문에 환각이라는 것에 재미를 붙이면 결국 담배, 알코올, 마약 등에 중독되는 것이다.

12
마약, 술, 담배 등 기타 **여러 종류의 환각제품**

술, 담배, 마약은 사람을 취하게 한다. 정신이 몽롱하면서도 기분이 좋다. 즐겁다고 하는 것은 동일하다. 그런데 이와 같은 것을 계속 하다 보면 중독이 된다. 이렇게 보면 술과 담배, 마약 등은 그 성질은 같고 다만 그 농도가 강하고 약한 차이가 있을 뿐이다.

기쁨을 가르치고 행복하게 사는 방법을 가르쳐주고 지도해주는 곳은 이 세상에 참으로 다양하게 존재한다. 그 교양기관이 열심히 가르치고 지도하지만 술과 담배, 마약 등 취하게 하는 것들은 계속 소비가 늘어나고 그것을 생산하는 공장 역시 계속 성장한다.

반면에 종교 또는 교양단체는 노력에 비해 크게 성장하지 못한다. 학교 이외의 모든 교양 단체가 희락에 대한 정의와 희락에 대한 욕구를 근본적으로 충족시켜 주지 못하는 데 원인이 있다.

환각 물질을 생산하는 기업이 날로 성장하는 것은 사람들이 쉽게 환각상태, 즉 희락을 얻을 수 있는 필수적 욕구를 쉽게 충족시켜 주기 때문이다.

13
마약, 술, 담배 등과
사랑의 차이점에 대한 자세한 설명

마약이나 술, 담배, 기타 환각 물질은 사람의 몸에 물리력을 가함으로써 환각이 나타난다. 술을 마시고 담배를 피우고 주사를 맞고 냄새를 맡음으로 환각상태를 얻게 되는 것이다. 이와 같은 행위는 결국 중독이라고 하는 병으로 발전하는 것이며 결국은 패가망신하게 된다.

그러나 사랑이라고 하는 행위는 물리력을 가하지 않고 상대와, 즉 이성(二性)이 합작하면서 기쁨이 창출된다. 환각 물질은 상대가 없이 혼자도 가능하지만 사랑은 상대가 없으면 이룰 수 없다. 또한 사랑은 중독이라는 병으로 발전하지도 않는다.

그러므로 동일한 기쁨을 창출하지만 물리력을 가함으로 이루어지는 기쁨은 저차원의 기쁨이라고 볼 수 있으며 사랑으로 이루어지는 기쁨은 고차원적 기쁨이라고 할 수 있다.

앞에서 잠깐 언급했지만 사랑의 행위를 놓고 볼 때 동물과 사람의 사랑행위는 다른 점이 있는데 동물은 발정기, 즉 수태의 시간

이외에는 사랑행위가 허락되지 않는다. 그러나 사람에게는 수태의 시기 이외의 시간에도 사랑을 자유롭게 할 수 있도록 허락되었다.

　동물과 사람의 사랑행위에 이 같은 차이가 있는 이유는 사랑의 원천이며 사랑의 본류인 희락부모 한울림께서의 자신의 본성을 분할시켜 소생시킨 것이 사람이고 사람은 사랑의 본류와 사랑이 원천에 가장 가깝게 다가갈 수 있는 존재의 특권을 부여받았기 때문이다.

14

한울림은 왜 당신의 형상을 구체화시켜
인간을 탄생시켰다고 하셨는가

생명의 원천이시고 사랑의 본류인 한울림을 나는 희락부모라고 부르고 기쁨은 아버지격이요, 즐거움은 어머니격이라고 했다. 그런데 희락부모님도 사랑으로 이루어지는 기쁨을 누리고 싶으시지만 생각과 상상일 뿐 실체적으로 느끼고 즐길 수 없는 것이 그가 무형이기 때문이다.

사랑의 행위로 기쁨을 얻기 위해서는 반드시 몸이라고 하는 체(體)를 써야 한다.

아무리 전지전능하시고 무한 능력의 근본이지만 체라고 하는 몸이 없으면 사랑과 희락을 느낄 수 없는 것이다.

그래서 희락부모님은 자신과 동등한 능력과 권한을 부여하여 인간을 분생명시키신 것이다.

15

동물들은 수태의 시기 외에는 사랑,
즉 짝짓기가 허락이 되지 않는데
왜 인간에게는 사랑의 특권을 자유롭게 부여하셨는가

인간의 본성에는 지속적으로 기쁨과 즐거움을 누리고 싶어 하는 속성이 내재되어 있다. 그것은 인간을 탄생시키신 생명의 부모님이시고 생명의 원천이시며 생명의 본류로서 대생명의 바탕이 기쁨과 즐거움의 본체로 존재하시기 때문이다. 그래서 인간이면 누구나 계속적으로 기쁘고 즐기기를 원하는 것이다. 희락부모님께서 스스로와 가장 닮은꼴의 인간을 탄생시키고 수태의 시기 이외의 시기에도 자유롭게 사랑의 행위를 허락하신 것은 인간으로 하여금 사랑을 통해서 지속적 희락을 연출할 수 있는 행위를 깨닫고 이루며 누리도록 하기 위해 특권을 부여하신 것이다.

마약류를 사용해서 기쁨과 즐거움을 연출하는 것은 지속적이기는 하지만 결국 패가망신하기 때문이며 사랑으로 이루어지는 희락은 패가망신은 하지 않으나 지극히 짧은 순간의 희락을 연출할 수밖에 없기 때문에 사랑의 행위에서 사랑을 뛰어넘는 기쁨과 즐거움의 연출능력을 깨달으라고 사랑의 행위를 자유롭게 허락하신 것이다.

16

사랑을 하면서 사랑을 초월한 희락,
즉 기쁨과 즐거움을 깨닫고
이를 가질 수 있는 방법은 없는가

사랑의 의미를 설명하는 방법은 해설하는 사람에 따라서 차이점이 있을 것이나 필자는 사랑을 외적인 사랑과 내적인 사랑, 즉 내외 양면의 사랑으로 설명하고자 한다.

외적인 사랑은 구체적 설명을 하지 않아도 경험해 본 사람이라면 이해할 것이다. 인생 여정에서 진리라고 하는 것은 실제 존재한 것에 대한 경험에서 느낀 것이 사실이고 진리인 것이다. 경험해 보지도 않고 그럴 것이라고 말하는 것은 사실이 아닐 수 있다. 속담에도 서울 가본 사람과 가보지 않은 사람 중에서 가본 사람보다 안 가본 사람이 더 많이 안다고 하지 않던가.

세상 모든 물정은 경험이다. 즉 사실이고 진리인 것이다. 그렇다면 사랑 역시 경험해본 사람과 무경험자의 생각은 다를 수밖에 없는 것이다. 그래서 경험론이 최고인 것이다. 그러나 사랑을 경험한 사람에게 사랑으로 느끼고 맛본 희락, 즉 기쁨과 즐거움의 핵심을 말이나 글로 표현하라고 한다면 누구도 제대로 설명할 수 없다.

불입문자(不立文字) **교외별전**(敎外別傳)

이것은 단지 사랑의 경험으로만 결과적 쾌감을 느낄 수 있기 때문이다.

17

내적인 사랑, 즉 내적인 희락을
어떻게 설명할 수 있는가

희락부모 한울림께서 외적인 사랑을 통해서 지속적인 기쁨의 창출능력을 깨달으라고 사랑의 특권을 주셨다. 그러면 어떤 것이 내면의 사랑이고 내면의 기쁨일까.

기쁨의 창출의 원인(동력)을 외적인 사랑은 물질, 즉 물리력과 상대하는 서로의 관계에서 이루어진다고 앞에서 설명했다.

그러나 내면의 사랑은 물질 또는 물리력과 상호관계 등의 상대적 개념이 없는 상태, 즉 나 홀로의 희락을 창출할 수 있는 능력을 개발해야 지속적인 기쁨 창출이 가능하다. 물질이나 물리력, 상대라고 하는 개념을 가지고는 지속적 기쁨 창출이 불가능하다.

18
나 홀로(내면) 사랑의 기쁨과 즐거움을 만들 수 있는 방법

내면의 사랑, 나 홀로의 기쁨과 즐거움의 창출에 대한 설명도 세상 돌아가는 이치를 알면 답이 저절로 나온다. 모든 문제는 답이 있다고 하는 것이 세상의 이치인 것이다. 그래서 세상 돌아가는 꼴을 자세히 보면 우주의 나이가 137억 살이고 우주에는 은하라고 하는 것이 천억 개가 있고 그 천 개 중의 하나의 은하가 우리 은하이며 우리 은하에는 천억 개의 별이 존재하고 그 중의 하나의 별이 지금 우리가 살고 잇는 지구라고 과학이 밝힌 것이다. 그러면 우리가 사는 기구도 137억 년의 세월이 흘러왔다고 하는 사실이다.

사람이 태어남과 동시에 삶이라는 통장에 의식(意識)과 맥박(脈搏)과 호흡(呼吸)의 삶에서 필수적인 세 종류가 입력 저장된다.

이것은 대우주 자연의 부모요, 생명의 부모인 희락부모(喜樂父母) 한울림이 하사하신 소중한 자신이다. 이와 같은 자산은 삶에서 없어서는 안 될 소중한 나의 소유인 것이다. 소유하고 있다는 것은 소유한 것을 필요할 때 언제든 내 마음대로 쓸 수 있는 것이 나에게 소유된 것이다. 내가 쓰고 싶어도 소유한 것이 없으면 쓰고 싶어도 쓸 수 없다. 위의 세 가지 자산 가운데 맥박과 호흡은 자동으로 쓰인다. 이것은 육체를 지탱하고 삶을 뒷바라지하는 자동적 작용으로 쓰이게 되었지만 생명인 영의 성장까지 뒷바라지를 못한다.

영의 성장은 영식(靈息)인 영의식이고 영의 성장을 위한 뒷바라지가 있어야만 영의 성장이 가능하며 영의 성장을 위해 부여된 의식의 쓰임을 깨닫고 이를 사용해야 한다.

2010년 3월 11일, 법정스님이 입적하셨다는 소식을 들었다. 생로병사 윤회의 수레바퀴와 순환의 자전 작용의 법칙을 그 누구도 피해갈 수 없다는 사실을 다시 한 번 절실하게 깨닫는 순간이었다.

필자도 평소 법정스님의 글을 즐겨 읽었고 많은 감동을 받았으며 세상에서 가장 존경하고 꼭 한 번 만나 뵙고 싶은 스승이셨다. 세속의 수로 78세라고 하니 나보다는 5년이 연장이신데 그렇게 빨리 떠나시리라고는 생각하지 못했다. 언젠가 한 번 만나 뵐 때가 있으리라는 희망을 버리지 않았다. 그러나 금생에서는 유명을 달리하셨으니 금생에서의 만남의 희망을 접고 차생에서라도 만나 뵈옵기를 바라는 바이다. 스님의 청청한 삶과 수행은 많은 사람에게 귀감이 되었고 필자 역시 그를 동경했다. 그러나 스님 개인으로서는 참기 어려운 고행의 길이었다는 것 또한 알고 있다. 차생에는 기쁨과 즐거움이 가득한 삶을 만들어 이루시기를 기원한다.

언무언(言無言) 음무언(音無音) 념무념(念無念)
상무상(想無想) 흡무흡(吸無吸) 동무동(動無動) 기무기(氣無氣)

1억이라고 하는 숫자는 실로 어마어마한 숫자이다. 그런데 173억 년이라고 하는 숫자는 우리의 상상적인 숫자인 것이다. 우주라고 하는 것은 인간의 숫자라는 잣대로는 젤 수 없는 그냥 무량겁 무량수인 것이다. 지구가 무량겁 무량수로 존재해왔으며 지구에 기생하는 생명체 또한 무량수로 성장하고 발전해 왔다. 모든 생명 가운데 인간 또한 무량수로 발전하고 성장하면서 지금에 이르렀다. 그런데 성장하고 나 홀로 배우고 성장한 사람은 이 지구상에 단 한 사람도 존재하지 않았다. 사람은 누구나 생로병사의 순환법칙 내에서 서로 의지하고 상대를 통해서 배우고 깨달아 가는 것이다. 그런데 사람은 그냥 그저 그렇게 살아가는 동물이 아니고 보다 발전하고 성장하면서 살아가게 되어 있다고 하는 사실이다. 그런데 이와 같이 성장하고 발전할 수 있도록 가르치는 곳이 있으니 그것이 바로 학교와 종교다. 외적인 몸, 즉 육체적 삶의 질을 높이고 삶의 가치를 높여 가도록 가르치기 위해 분투노력하는 곳이 교육과학계이며 내면적인 삶의 질과 가치를 높여 주기 위해 분투노력하는 곳이 종교계이다. 그런데 외적인 발전을 주도하는 교육과학계는 많은 발전과 성장을 했으나 내적인 발전을 돕기 위한 기관이 종교계는 크게 발전하지 못한 것이 사실이다.

19

외적 발전 기관인 과학계와
내적 발전 기관인 종교계를 바라보는 필자의 견해

외적 발전 기관인 학교의 가르침이란 유치원에서부터 대학에 이르기까지의 모든 교육은 경쟁의식만을 심어주는 가르침이라고 할 수 있고 경쟁의식은 결국 시기와 질투, 탐욕과 이기주의, 즉 자기 중심적인 사고로 자신이 최고라는 식의 교육제도이며 개화문명이 발달을 지향해오는 동안 오직 경쟁에서 이기는 자만이 성공할 수 있고 성공한 자만이 행복한 삶을 살 수 있는 것처럼 교육이 변질되었다고 할 수 있다. 동양에서 문명의 개화기 이전의 교육은 한문 서당이었다. 서당에서의 글공부는 경쟁의식이 없는 오직 자기 자신의 수준에 의해서 배워나갔다. 이와 같은 서당 글공부는 경쟁의식이 없고 자신의 역량대로 배웠던 것이다. 물론 옛날에도 과거를 보고 급제하고 벼슬자리에 오르기 위해서 경쟁을 해야만 하는 것이지만 대다수 사람은 과거를 보지 못하고 그저 자기 이름이나 쓰고 제사 지낼 때 축문이나 쓰고 읽을 수 있는 정도로 만족하며 살아왔던 것이다. 그렇다고 문명이 발달한 지금보다 행복하지 않고 불행한 삶만 살다 간 것은 아니다.

학교 교육이란 인성을 개발하고 내면의 성장을 통해 인격을 높여 삶에 참행복이 어디서 오는지를 가르쳐 주어야 하는데 이러한 내면의 성장을 위한 교육이 아니고 모든 행복의 근원을 육체적 발달과 외적인 발전에서, 즉 부와 명예에 의하여서만 행복한 삶을 영위할 수 있는 것으로 생각하게 만들어가는 교육이다. 이와 같은 교육이 지속적으로 이어져가는 이유는 인성교육을 받지 못하고 오직 경쟁의식인 외적인 교육만 받은 사람들이 선생이 되어 학생을 가르치기 때문이다. 요즘은 선생님들도 노조를 만들어 집단적 이기주의를 행사하고 있다. 노조라고 하는 것은 노동자들이 권익을 보호받고자 만들어 행사하는 것인데 교육자들이 노조가 없는 노동자들처럼 불이익을 받는다는 말인가. 인성교육을 받지 못한 선생님들이니 인성교육을 가르치려고 해도 배우지 않은 것을 가르칠 수 없기 때문에 요즘 학생들은 내면의 성장교육을 받지 못하고 외적 교육만 받은 관계로 스승을 폭행하고 집단난동을 부리는 것이다. 옛날 서생들은 스승의 그림자도 밟지 않았다고 하지 않던가. 지금이라도 교육자들은 심기일전해서 내면의 공부를 하면서 학생들에게 내면 교육을 하고자 노력해야만 존경받는 스승이 될 것이다.

세상에 넘쳐나도록 많은 종교의 사명은 사람의 내면의 근원과 내면의 원본을 파악하고 깨달아 살아가도록 가르치고 안내하는 역할이다.

다시 말하자면 보이는 육신과 보이지 않는 영체를 깨닫도록 가르치고 영체의 성장을 위한 방법을 제시하고 가르치고 행하도록 안내하는 곳이다. 그런데 외적인 교육기관인 학교가 기업화되어 이익집단으로 전락한 것처럼 종교도 내적인 성장을 중요시하기보다 외적인 성장에 더 치우친 것 같다. 기도와 예불은 사람의 본성인 영성체를 성장시키기 위한 의식인데 이 또한 너무 외적인 의식으로 비춰 주는 것도 같다. 앞에서도 언급했지만 사람의 최고의 가치를 추구하는 궁극의 목적은 기쁨이라고 했다.

기쁨을 이루기 위해서는 기쁨의 성질을 알아야 되고 기쁨의 근원을 알아야 하는 것이다. 기쁨의 의미와 기쁨의 근원을 알지 못하면 그것은 이루어 가질 수 없는 것이다. 그런데 세상의 모든 종교가 이와 같은 내면의 기쁨을 발견하기 위해서 필요한 내면의 성장에 대한 가르침이 본질인 핵심을 일러주지 못하고 주위에서 맴도는 것이다.

다시 말하자면 내면의 기쁨이란 이런 것이라고 설명을 못하고 못 가르치는 것이다.

20
사람이 살아가면서 가장 바라고
이루고 누리고 싶은 기쁨과 즐거움을 개발하여
성장시킬 수 있는 방법, 즉 수행법에 대한 견해

다시 한 번 학교와 종교의 교육에 대해서 살펴보고자 한다. 사람이 세상에 태어나 어머님의 품에서 배우고 자라는 시기와 어린 시절 배우고 자라는 시기와 소년 청년 시기를 살면서 배우고 자라는 시기를 계산하면 유치원에서 시작해 대학원까지 졸업하자면 근 20년 세월을 배워야 한다. 그러면 20년의 세월을 가르치고 배우고 성장해서 과연 인생의 참된 가치와 생명의 의미와 근원을 깨닫고 행복하게 즐겁게 살아가는가 하는 물음에 그렇다고 대답할 수 있는 사람이 과연 몇 명이나 될까. 또 교회는 어떤가. 어린 시절부터 청년, 장년, 노년에 이르기까지 설교를 듣고 성경을 읽고 기도와 찬송을 부르면서 신앙생활이라고 하는 생활을 했는데 과연 나는 부족함 없는 만족한 환희와 즐거움을 누리면서 살아간다고 자신 있게 말할 수 있는 사람은 과연 얼마나 될까.

또 어린 시절 출가해서 불가에 입문해서 염불을 하고 공양하고 수행하면서 일생을 오직 수행의 길을 걸었다고 하는 분들 중에 나는 세상 그 누구보다 그 어떤 사람보다도 편하고 즐겁고 기쁘고 갈등 없는 평화로움으로 살아가고 있다고 말하는 사람은 과연 몇 명이나 될까.

이와 같은 물음에 대한 답을 자신 있게 할 수 없는 이유는 이 세상의 종교와 교육기관이 교육방법인 가르침이 인간의 본성인 내면의 성장을 위한 교육이 되지 못했다고 하는 것이므로 가르치는 위치에 있는 분이 내면의 근원과 성장에 대해서 핵심이자 중심인 궁극을 파악하지 못했다고 할 수 있다. 내가 아는 것만 가르칠 수 있고 나누어 준다는 것은 내가 가지고 있는 이상을 나누어 줄 수 없는 것이 사실이고 진리인 것이다.

21
화두(話頭)에 대한 논리적이고 구체적인 설명

우선 화두에 대한 정의부터 필자 나름대로 설명해보고자 한다. 과연 화두라고 하는 뜻과 의미는 무엇인가. 화두라는 한자를 보면 말머리라는 뜻을 품고 있다. 말머리라고 하는 것은 말의 시작이고, 말의 처음 초기단계라는 것이다. 즉 미생지언(未生之言)이라고 정의할 수 있다.

세상 모든 살아 움직이는 생명체는 보이는 외적 부분과 보이지 않는 내적 부분으로 구성되어 있다. 이러한 이치로 비추어 보자면 말이라고 해서 예외일 수 없다. 그래서 보이는 말, 즉 나타난 말과 보이지 않는 말, 즉 나타나지 않는 말이 있을 것이니 이것이 미생지언이고 화두인 것이다.

사람이 말을 쓸 때 먼저 말을 생각하고 그 생각을 말이라는 것을 사용해서 생각을 나타내는 것이다. 흔히 우리는 어른들의 말을 말씀이라고 높여서 한다. 그러나 높은 분이나 낮은 사람이나 말을 사용해서 생각을 나타낸다고 하는 것은 다 같이 말씀이다. 결론적으로 말하자면 화두란 드러나지 않는 내면의 말이요, 말 넘어 말(未生之本來誤)이라고 하는 것이다.

화두란 차원 높은 질문이다. 세상에는 수많은 질문과 그에 대한 답이 있다.

2010년 3월 23일 중앙일보에 실린 기사를 잠시 적어보고자 한다.

> 타의 추종을 불허하는 유능한 수학자들이 100년 동안 매달려서 노력해도 풀지 못한 푸랭카레 추축이라는 수학문제를 해결한 러시아 수학자 그리고리 펠레만(44세)은 이전에도 남이 풀지 못한 어려운 수학문제를 풀었고 그 분야의 학회에서 상을 준다고 해도 사양하며 은둔 생활을 하고 있다.

이 세상에는 수도 없는 다양한 질문이 있다. 아무리 어려운 문제라고 해도 그에 대한 답이 있다는 것이다.

질문의 답이 100년 만에 나오는 것도 있으며 짧은 기간에 풀리는 답이 있으며 수백, 수천 년에 걸쳐서라도 풀지 못한 답 또한 있을 것이다.

22
나는 무엇인가

나는 무엇인가 하는 물음은 쉬운 것 같으면서도 나는 무엇이라고 명쾌한 답을 내놓은 사람도 없고 들은 사람도 없다.

수천 년 동안 많은 철학자 종교지도자 과학자 특히 불가의 고승들 큰스님들에게 제자들이 나는 무엇이냐 라고 물으면 스스로 깨달아라, 화두를 오직 스스로 묻고 스스로 답을 구하라 였다. 필자는 절에 가서 예불 한 번 올린 적이 없고 교회에 가서 찬송가도 한 번 제대로 해보지 않은 무식쟁이 청소부다. 비록 청소부이기는 하지만 나는 무엇이며 왜 내가 늙으면 늙은 만큼 성숙된 나가되지 못하고 육신은 추해지고 정신은 혼미한가라는 의문을 가지고 그에 대한 답을 듣고자 선지식에 대한 글과 종교계의 지도자들에게 물었다. 그러나 명쾌한 답을 얻지 못하고 필자 혼자서 스스로 자문하면서 내 식으로 수행정진한 것이 어언 30년 세월을 사용했다. 처음 명상에 입문해서 의식의 변화를 느끼고 체험하고 조금은 신비롭고 마음의 안식을 느낀 것은 사실이나 나의 질문에 대한 답으로는 미흡했다 해서 명상을 그만두고 선지식과 명상에 대한 서적을 탐독하며 수행의 독학과 수행의 방법을 나 스스로 의식으로 수행 독학하면서 때로는 선방이나 천도선법이라 성덕도 다 우학도인 권필진 씨가 이끄는 명상센터도 방문해보고 많은 선방을 기웃거리고 다녀보면 결가부좌 틀고 앉아서 명상하는데 명상 후 특별히 깨달음에 대한 말씀도 별로 없이 끝나는데 이와 같은 수행은 명상센터나 선방을 가지 않고서도 나 홀로 수행독학이 가능하지 않겠는가 하는 생각이 들어 회사생활 경비, 공사판 잡부 그리고 빌딩청소 이와 같은 직장생활을 나는 수행도장으로 생각하고 직장 일을 그냥 일이 아니고 나를 깨닫기 위한 수행이라고 생각하고 살아온 것이 오늘에 이르렀다. 30년 세월을 홀로 수행독학을 하면 생각나는 대로 쓰다 말다 쓰다 버리기를 반복하다 그마저 중단하고 지내던 차에 MBC〈놀라운 세상〉 프로를 보던 중에 한 분이 40년 동안 일기를 썼다고 하는 사실을 보고 또 어떤 분은 매일 화장실에 가서 볼 일 볼 때마다 변의 크기와 수량을 매일 적는다는 것을 보고 남에게 감동이나 도움이 되지 않는 그런 것도 지극정성으로 기록하는 사람도 있는데 나도 독학으로 수행한 내용에서 느끼고 깨달은 것을 적어보자고 해서 보잘 것 없는 나의 생각을 서투른 글씨로 필력으로 쓰게 되었다. 말사용(言用) 말씀이 다른 방향으로 흘렀다. 나는 무엇이냐. 그렇다 나는 무엇인가 나는 무엇이며 어디서 와서 무엇을 하고 살다가 또 어디로 가는가 하는 물음에 답을 얻기 위해 평생을 수행정진 해야 만이 답을 구할 수 있고 평생 동안 기도와 명상 그리고 신앙이라는 믿음의 생활을 통해서 만이 답을 얻을 수 있다고 하면 대중과 중생들, 즉 보통 사람들은 언감생심 나는 무엇이냐는 물음조차 엄두를 내지 못할 것이며 또한 위와 같은 일생을 수행하고 평생 신앙과 기도로 살다 가신 분들과 일생동안 그와 같은 수행과 기도로 살아가고 계신 큰 스승님과 선생님들의 수행과 경험에서 깨달은 내용의 말씀이나 어록을 통해서 대중과 중생들은 과연 나는 무엇이냐 라는 답을 찾아볼 수 있고 과연 그렇다고 확신할 수 있는 것일까.

외적인 교육이나 내면적인 교육이나 가르치는 위치에 계신 선생이나 스승이나 큰 스님 고승들이나 학교 선생이나 교회 목자나 이러한 위치에서 대중과 중생을 가르치고 이끌어 가는 모습과 모범적 롤 모델로 중생들과 대중 평민이 배우면서 그와 같이 되어야 되겠다고 생각하고 세상사 고달픈 삶에서도 한 가닥 희망의 등대와 이정표로 바라보면서 살아갈 수 있는 방향으로의 등대와 같은 역할이라고 생각한다. 청정한 삶을 살다 가신 수많은 분이 있지만 대표적인 인물을 들자면 필자가 살아가고 있는 현 시점에서 성철 스님과 법정스님 그리고 김수환 추기경님이라고 생각된다. 그런데 위의 세분의 큰 스승은 이 시대에 모든 이들로부터 귀감이 되고 존경의 대상이며 우리 모두는 그분들과 같은 삶을 살아가야 겠다고 누구나 한 번쯤 마음으로 라도 생각을 먹었을 것이다.

그러나 우리 중생과 대중 평민은 언감생심 그분들과 같은 삶을 살아 갈 수 없는 신기루의 이정표요, 흉내 낼 수 없는 모델이며 찾아갈 수 없는 등대인 것이다. 그분들 삶 자체가 너무 어렵기 때문에 법정스님 어록에서 삶이란 타인에게서 빌려온 지식이 아니라 나 자신이 몸소 부딪쳐 체험한 것이어야 한다는 것이다. 그런데 우리가 알았다고 하는 사실은 내가 모르던 일을 즉 내가 알지 못하고 지내던 것을 나의 생활 속에서 부딪치고 경험해서 깨달아 알아차린다는 뜻이다. 또 법정스님 어록에 삶에서 참으로 소중한 것은 어떤 사회적인 신분이나 소유물이 아니라 우리들 자신이 누구인지 아는 일이다. 즉 나는 무엇이냐 라는 물음에 답을 구하는 것이라 이와 같이 유구한 세월의 역사 수레바퀴가 굴러오는 동안 모든 이의 화두였던 나는 무엇이냐는 물음을 스스로 깨어서 보라는 것이었다. 이 화두는 언어로 해설할 수 없는 물음(言語而不可解)이니 스스로 깨라는 것이었다.

필자는 여기서 필자 나름대로의 견해를 설해보고자 한다. 현재 학교 교육에서 시험 제도가 있는데 문제를 내면 답을 알아야만 하는 것이다. 어떤 시험 문제이건 문제에는 정답이 정해져 있다는 것이다. 정답이 없는 문제는 출제가 되지 않는다. 왜적인 교육과정인 문제가 그러하다면 내면적인 교육에서의 문제도 어떠한 문제든지 정답이 있어야만 되는데 정답이 없는 문제가 지금까지 세상에 전해오는 것이 나는 무엇이냐 라는 물음이다.

이와 같은 물음에 필자는 필자 나름의 답을 세상에 내놓고자 하는 바이며, 이에 대한 답은 독자들의 공감을 얻고자 하는 것이 아니며 그것은 오직 독자들의 또 다른 답을 찾아 제시하기 바라는 바이며, 이것은 오직 필자의 견해이며 필자식의 독학으로 수행하면서 부딪치고 경험하면서 얻는 답일 뿐이라고 하는 사실입니다.

나는 무엇이냐. 이 원고 첫 부분에 잠깐 사람에 대해서 언급했지만 여기서 나는 무엇이냐의 답을 필자 나름대로 설해보고자 하는 바이다. 나라고 하는 기준을 어디에 초점을 맞출 것이냐 보이는 육체냐 아니면 보이지는 않으나 나라고 하는 인식의 주체이냐를 놓고 생각해보면 나는 무엇이냐는 물음에 답은 저절로 나온다. 현재 나로 알고 나로 인식하고 내가 생각하는 나는 현재 성수동 라성아카데미타워라는 빌딩의 청소부다. 헌데 지금 자문자답의 원고를 쓰고 있는 필자 성낙영이라는 존재에서 생명이 거두어지면 더 이상 성낙영이란 없어지고 시체만 남는 것이다. 이 시체에서는 나인 성낙영과는 아무런 의미도 없고 보기 흉한 시체일 것이다. 그렇다면 청소부 성낙영은 무엇이냐 시체에서 떠나버린 생명이 아닐까.

존재하는 모든 생명체는 어느 것을 막론하고 생명이 깃들어 존재한다는 사실이며 생명이 깃들어 존재하기 때문에 움직인다.

동(動)한다. 존재하는 모든 생명체가 동하지 않으면 더 이상 살아가는 생명체가 아니고 시체다. 이러한 이치로 살펴보면 나는 곧 생명이다.

23
나의 생명은 무엇이고 어디에서 왔으며
무엇을 하기 위해 왔는가

생명의 본질과 생명의 본성과 생명의 근원적 핵심은 움직인다 (動). 동한다. 살아 있다는 것은 어떠한 모습이든 움직인다. 움직이지 않는 동하지 않는 생명이란 없다. 존재하지 않는다. 대우주를 위시해서 최소단위 미립자도 동한다는 사실이다. 이와 같은 사실은 과학계에서 정확하게 발표한 사실이다.

필자의 부족한 지식과 견해로 어설프게 더 이상 설명이 필요 없을 것이며 세상 모든 이들이 알고 있는 사실이다.

24
움직이는 생명과 나에게 깃들어 있는 생명은
어떤 관계인가

　인과(因果). 이 세상에서 나타난 모든 존재들 보이는 것이나 보이지 않는 것이나 나타난 모든 존재는 결과적 존재인 것이다.

　원인이 없는 결과란 존재하지 않는다. 이와 같은 사실은 부처님을 비롯해 예수님이나 그 이전 많은 선지자와 성현들께서 수없이 설파하신 내용이다. 이와 같은 인과의 법칙에서 나타난 결과는 원인이 있다고 한다면 생명도 또한 예외일수 없다. 필자는 생명도 원인이 있을 것인즉, 생명의 원인이자 근원적 생명을 대생명이라고 말한다. 생명의 근원인 생명의 본바탕을 인간이 언어와 문자와 그 어떤 표현 방식을 가지고도 더 이상 접근할 수 없는 불가원 불가근(不可原不可根)이라 해서 필자는 그냥 편하게 나타난 결과에 대한 원인은 생명이요, 생명의 근원이 대생명이라고 말하는 것이다. 생명에 대한 답은 독자 여러분께서도 나름대로 답을 내보시기를 바란다.

25
대생명(大生命)과 나의 생명은 어떤 관계인가

　생명(生命)의 이치를 알고 깨닫는 데 팔만대장경을 다 읽어야 깨달을 수 있고 성경 66권을 다 읽어야 한다면 세상 사람들 중에 몇 명이나 생명에 대한 이치를 깨달을 수 있을까. 나는 무엇이냐의 물음과 나의 생명에 대한 이치가 그토록 어렵다면 지금 자문자답을 쓰고 있는 이 청소부는 감히 생명을 생각조차 할 수 없을 것이다. 진리를 기록한 대표적인 불경과 성경은 가장 쉬운 말을 어렵게 설명한 것이 불경이며 가장 어려운 진리를 가장 쉽게 설명한 경전이 성경이다. 불경은 너무 어려워 나와 같은 무식층은 읽을 수도 이해할 수도 없는 경전인데 다행히 부처님이 설파하신 초기 법문을 누구나 쉽게 읽을 수 있게 해설한 빠알리 경전이라고 하는 것이 출판되어 필자도 구독하고 많은 지혜를 터득하였기에 빠알리 경전을 번역출판하신 일아스님께 지면을 통해 감사의 말씀을 전하는 바이다.

　그러면 나에 대한 생명, 나의 몸에 깃들어 있는 생명을 무엇이라고 표현을 해야 할 것인가. 이 세상에서 사람이 사용하고 있는 언어라고 하는 것이 없다면 생명도, 우주도, 인간도, 그 무엇도 표현하고 구분하고 분별할 수 없으며 그냥 두리뭉실한 하나일 것이다. 사람이 사용하고 있는 말은 참으로 소중하고 귀한 보배인 것이다.

이 귀한 말을 우리는 잘 사용해야 된다. 잘 사용하면 나에게 덕이 되고 이익이 되지만 잘못 사용하면 나에게 악이 되고 손해가 된다. 그러면 말을 사용(言用)해서 나에게 깃들어 있는 생명, 나의 의식의 주체이자 나라는 본질인 생명은 어디서 왔으며 누가 보내 주었는가. 다름 아닌 생명의 근원이며 생명의 주인이자 대생명을 나타내신 주인공이 있을 것이니 필자는 생명을 소생시킨 주인공을 생명의 부모(父母)라고 정의하며 앞에서도 잠깐 언급했지만 희락(喜樂), 즉 기쁨의 아버지(父)와 즐거움의 어머니(母)라고 해서 생명의 부모를 희락부모라고 하는 것이다.

나타난 결과물은 무엇이거나 음양(陰陽)으로 구성되었으니 생명의 원인 또한 음양으로 존재한다는 것이 원칙적인 진리가 아닐까 해서 앞으로 희락부모라는 단어가 많이 사용될 것이라 해서 나에게 깃들어 있는 생명을 대생명에서 分命 분명된 분생명인 것이다. 세상에서 어머니가 아기를 낳으면 분만했다고 하며 산부인과에서도 아기를 낳은 것을 분만했다고 하며 산부인과에서도 아기를 낳는 방을 분만실이라고 한다. 그래서 나의 생명은 대생명에서 분생명된 개성생명(個性生命)이라고 하는 것이다.

그러면 대생명과 분생명, 즉 개성생명을 생명의 부모 희락부모님이 소생시켜 주신 데는 어떠한 진리가 있을까.

우주에 존재하고 있는 모든 생명체 중에 가장 대표적인 생명체가 인간이다. 이와 같은 사실은 필자가 새삼 설명할 필요가 없다. 사람이 만물 중에 으뜸이라고 하는 것은 우리가 사용하고 있는 언어라는 것이 그 어떤 생명체들의 사용하는 언어보다 우수하다는 점이다 육체적 기능면에서 인간과 동물을 비교하자면 동물들의 활용하는 능력은 우리 인간보다 월등하다. 인간은 말(言)이라는 도구를 생각으로 창조, 즉 만들어 사용할 수 있는 능력이 있기 때문에 만물의 영장이며 대표 주자인 것이다.

인간의 삶에서 가장 소망하고 이루고 가지고 싶은 것이 기쁨과 즐거움인 것이다. 사람은 늘 기쁨과 즐거움을 소유하고 누리며 살고자 한다. 여기에서 기쁨이란 것도 밝은 기쁨과 즐거움도 검소한 즐거움을 소유해야 된다. 탁하고 흐린 기쁨과 질박한 즐거움이 아니고 해맑은 기쁨과 소박한 즐거움을 소유하고 사용해야 된다. 인간이면 누구나 이와 같은 궁극의 소망을 바라고 산다고 한다면 인간을 출현시키신 근원적 대생명이신 희락부모님도 기쁨과 즐거움을 소망하고 계신다는 것이다. 인과의 법칙에서 원인 없는 결과란 존재자체가 없다는 사실로 미루어 볼 때 희락부모 한울림도 기쁘고 즐거워하신다. 그러나 희락이란 생각하는 것만으로 이루어지지 않고 반드시 생명과 육체가 결합된 상태에서만이 희락이 이루어진다는 사실이다. 무한능력의 상상을 가지고 계신 희락부모님이라도 상상이 깃들어 생가하고 창출할 수 있는 몸이 없다고 하는 사실이다. 왜 희락부모 한울림은 우리 인간과 같이 한울림의 개체적인 몸을 만들어 가지고 쓰시지 않느냐 하는 것이다.

한울림 스스로 한울림 자신의 몸을 만들 수 있는 능력이 없어서가 아니다. 한울림은 무한능력의 주인이시기 때문에 한 대도 한울림께서 개체적 몸을 만들어 쓰지 않으신 이유가 대자대비의 본성의 주체이시기 때문이다. 한울림께서 개체적 몸을 만들어 쓰시게 되면 우주 만물의 부모 역할을 하실 수 없다는 사실이다. 육체적 본능은 오직 자기 자신만의 스스로의 생을 유지하고 지탱해 나가려는 본능적인 것이기 때문이다. 그래서 한울림은 스스로 개체적 몸을 만드시지 않으시고 스스로의 생명을 분생명시켜서 모든 생명체와 인간에게 부여하셨으며 생명을 부여하신 동기와 목적은 한울림 독자적으로 느끼는 기쁨보다 삼라만상과 만인으로부터의 일어나는 희락을 함께 누리시고자 함인 것이다.

이것이 대자대비요, 참사랑의 근원인 것이다.

앞에서 언급한 화두, 나는 무엇이냐의 물음에 대한 필자의 답은 생명의 근원인 대생명으로부터 분명 받은 분생명이며 나는 생명이며 나의 생명의 근원은 희락부모이시고 대생명이며 나는 대생명에서 분생명된 개성생명체다.

필자는 20세기의 화두(話頭)인 나는 무엇인가를 넘어, 즉 화두를 깨고 21세기의 또 하나의 화두를 세상에 던져 본다. 기쁨이란 무엇이며 어디서 생겨나 어떻게 쓰이고 어디로 사라지는가. 독자 여러분께서도 21세기의 새로운 화두인 기쁨이란 무엇인가에 대해 곰곰이 생각해보고 좋은 답을 얻어서 쓰시기 바란다.

26

기쁨은 어디서 왔다가 무엇을 남기고 어디로 가는가

여기서 잠깐 청소부의 희망가 한 곡조 뽑아 본다.

늘 기쁘게 사는 이 만나서
늘 기쁘게 사는 법 배워서
늘 기쁘게 살고 싶어서
늘 기쁘게 사는 사람 찾아다니다
늘 기쁘게 사는 이 만나지 못해
나 스스로 늘 기쁘게 사는 법 알아서 터득해
늘 기쁘게 살아가네.

요즘 세상은 온통 법정스님의 남기신 화두인 무소유가 대세를 이루고 있다. 그런데 법정스님은 소유하지 말라는 뜻이 아니고 불필요한 것을 가지지 말라고 했다. 그러면 우리가 살아가는 데 필요한 것은 무엇이고 필요치 않은 것은 무엇일까.

사람이 살아가면서 필요한 요소는 육체를 지탱하기 위한 필요적 요구와 내면인 정신적인 면을 성숙시키고 성장하기 위해서 필요적 요구가 있다. 그러면 육체의 성장과 유지 및 지탱하기 위해서 필요한 것이 물질이며 이와 같은 물질은 내가 삶을 유지하기 위한 만큼만 필요로 하면 되는데 더 많이 가지고자 하는 것이 필요 없는 것을 가지고자 하는 것이다. 사람이 태어나면서 자기의 몫과 능력과 자기의 분수와 자신에게 맞는 품격을 부여받았다. 이와 같은 자기분수와 품격과 자기 몫은 천차만별이고 천층, 만층, 구만층이다. 동일할 수 없고 똑같을 수 없다. 헌데 자신의 능력과 분수를 알지 못하는 것과 자신의 품위와 품격을 깨닫는 것으로 행과 불행이 결정된다. 이 같은 사실은 오직 스스로에게 부여된 인생의 여정에서 자기의 역할을 충실히 행할 때에 결과를 수확할 수 있다.

사람이 세상에 태어나는 길을 보자면 똑같은 조건에서 세상에 태어나지만 성장과정에서 천차만별로 차이가 나는 것은 각자에게 부여받은 분수와 품격과 능력이 다르기 때문이다. 요즘 세상을 바라보면 만인이 똑같고 동일할 수 없는 사실인데 내가 나보다 못한 사람과 똑같고 동일하고자 하기는 싫고 나보다 많이 가지고 있고 나보다 많이 배운 사람과 똑같고 동등하기를 바라는 것 이것이 자기 분수를 망각하고 있는 것이며 이것이 곧 탐욕인 것이다. 이와 같은 외적인 필요는 한도 끝도 없다. 부처님이 말씀하시는데 탐욕스러운 자는 금화가 소나기처럼 쏟아져도 만족할 줄 모른다고 하셨다 해서 분수를 깨닫는 스승들은 무소유를 강조하신 것이다. 외적인 무소유를 말이다.

다음으로 내면의 성장을 위한 필요적 요구는 무엇이냐. 육신의 지탱을 유지하기 위해서 물질로 된 음식을 먹어야 하는 것은 누구나 다 아는 사실이다. 그렇다면 내면의 성장, 즉 나의 개성생명체(個性生命體)를 성장시키기 위해서 무엇인가 작용을 해야 할 것이 아닌가 하는 사실이라 해서 내면의 성장을 위한 작용, 즉 행위가 수행(修行)공부라는 것이다. 인류 역사가 시작되어 수천, 수만 년 이어오면서 터득한 것이 사람은 물질적 요소만으로 늘 참된 행복과 기쁨과 즐거움을 이룰 수 없다는 사실을 알게 되고 참된 기쁨과 행복과 즐거움은 외적인 조건에서 찾을 수 없고 내면에서 찾아야 된다는 사실을 깨닫고 수행법이 시작되었다.

세상에는 수많은 수행방법과 그 방법을 지도하고 가르치고 전수해주는 곳 또한 많이 존재하지만 과연 오늘날 많은 사람들이 수행의 길을 가고 있지만 만족할만한 참된 행복과 기쁨을 깨달아 소유하고 있는 사람이 몇이나 될까. 다수가 그런 것은 아니지만 혹자는 불가에서 계를 어기고 또 교회에 지도층에 위치한 분들도 불미스러운 추문이 일어나고 있다는 사실로 볼 때에 수행을 하면서 내면의 성장적 필수요소를 깨달아 소유하지 못했다고 볼 수도 있다.

27

필자의 경험으로 터득한
내면 성장을 위한 수행법

외적인 육신을 유하고 지탱하기 위한 필수적 요소가 물질이다. 이와 같은 물질을 필요이상 많이 소유하게 되면 걱정과 근심덩어리는 점점 비대해져 무게라고 하는 중량이 점점 무거워 지면서 몸과 마음도 따라서 비대해지고 무거워 진다는 사실이다. 몸과 마음이 비대하고 무거워지면 병이라는 것으로 인하여 건강이 나빠지면서 기쁨의 반대인 우울하고 침울하고 밝지 못한 어두움의 생활로 연결된다. 그러나 내적인 생명, 즉 개성생명체(個性生命體) 나의 의식의 주체인 생명의 성장을 위한 필수적 요소인 기쁨의 동력을 많이 소유하면 소유할수록 몸과 마음이 가벼워지며 밝고 건강하며 기쁘고 즐거운 삶으로 이어지는 것이다. 외적인 육신의 삶을 유지하고 지탱하기 위해서 필수적 요소가 보이는 물질, 우리가 음식을 그저 수저로 떠서 입에 넣고 대강대강 우물거려 삼키기만 한다. 음식의 분해 소화 작용은 인간의 힘이나 능력으로 할 수 없는 별도의 차원의 문제다. 내가 그냥 음식을 입을 사용해서 위장으로 넘겨주는 역할뿐이다. 음식이 일단 위장으로 유입되면 나의 모든 기능의 시스템이 총동원되어 분해해서 내 몸에 필요한 영양을 적재적소에 공급해주고 우리 몸에 필요 없는 찌꺼기는 몸 밖으로 배출시킨다. 이와 같은 사실은 아무리 유능한 의학박사라고 해도 별도리가 없고 그 어떤 선지자나 깨달았다고 하는 분도 할 수 없는 사실이다. 이 세상에 있는 자칭 도사요, 하늘이요, 하늘의 대변자요, 그 밖의 좋다는 이름은 다 자기 것이라고 하는 자화자찬의 망각자들 그 누구도 할 수 없고 생명의 부모인 희락부모 한울림이 능력으로 자동작용을 입력시켜 주신 것이다. 또 육신의 삶을 영위하고 유지하고 지탱하기 위해서 필수적 중요한 요소가 또 하나 더 있는데 그것은 다름이 아니고 호흡(呼吸)이라는 것이다. 물질이 아무리 많고 풍요로워도 호흡을 할 수 없다고 하면 삶에 대한 아무런 의미가 없다. 그런데 음식을 먹어서 소화와 배설이 그저 한 순간에 이루어지는 것이 아니고 시간이라는 공간이 필요하다. 다시 말하자면 음식물을 섭취하면 위에서 4시간, 소장에서 4시간, 대장에서 4시간, 이렇게 식사에서 배설까지 12시간이 소요된다고 한다.

육신을 유지하기 위해 또 하나의 필수적 요소인 호흡 육신의 삶에서 가장 중요한 호흡은 인위적인 작용이 필요 없이 자동적으로 호와 흡이 이루어지도록 입력시켜 주었다. 요즘은 의학이 발달해서 인공호흡이라는 것도 있지만 우리의 삶에서 중요한 호흡의 재료, 즉 원소는 공기다. 공기를 호와 흡의 작용으로 삶을 살아간다.

공기가 없으면 한순간도 삶을 유지할 수 없는데도 공기에 대한 감사함을 깨닫지 못한다는 사실이다. 그 이유는 소중한 공기를 공짜로 사용하도록 허락해주셨기 때문이다. 누가 희락부모 한울림이 대자대비의 참된 사랑으로 만약 공기를 돈을 지불하고 사용한다고 하면 돈 없고 가난한 사람은 세상에 존재할 수 없다. 공짜로 부여해주신 공기에 대해 감사하고 고맙게 생각하고 아껴서 사용해야 되는데 탐욕을 놓아버리지 못하는 인간들은 소중한 공기를 너무 낭비하는 것은 물론이고 너무 많이 오염시킨다는 사실이다. 이와 같은 행위, 즉 업에 대한 대가를 지불해야 된다는 사실을 깨달아야 된다.

이와 같은 공기를 호흡 작용으로 우리 몸에 유입되면 우리 몸에 필요한 요소로 산소라는 것은 필요한 곳으로 유입되고 내 몸에 필요 없는 가스는 배출시키는데 내 몸에 공기가 유입되어서 필요한 적소에 보내고 불필요한 가스는 배출시키는 시간은 지극히 순간적으로 이루어지는 데 흡(吸)작용에서는 공기 중의 산소와 가스가 동시에 유입되지만 호(呼)작용에서는 불필요한 가스만 배출시킨다는 사실이다. 우리의 삶을 이와 같이 깊은 사려로서 배려해주신 희락부모 한울림을 존경하지 않을 수 없는 사실이다.

살아오면서 무심코 그냥 호흡을 했는데 그와 같이 소중한 공기와 호흡을 자각하도록 하면서 조금이라도 이해를 할 수 있게 된다. 그렇다면 내면의 성장, 즉 개성생명체 성장이란 무엇일까.

박이문의 둥지철학 중에서

인간은 우주에 비하면 무에 가까운 존재이지만 인식적 관념적 차원에서 볼 때 우주의 모체이자 산파라고 할 수 있다. 물리적으로는 모든 우주와 자연현상들이 무한히 복잡한 인과 법칙도 궁극적으로는 인간적인 관념이 제품이며 인간이 이러한 법칙의 자율적 제정자다. 이런 점에서 자연법칙과 인간 자유의지는 모순된 것이 아니라 상호보완적으로 얽혀 있다.

　내가 자식을 낳으면 그 자식에게 아버지 소리를 듣는다. 그런데 나를 낳아 준 아버지를 나의 아들이라고 말할 수 없는 것은 부모라고 우러러 부르는 것은 내가 지금 현재 존재할 수 있는 나로 나타나도록 도와주신 동력이기 때문이다. 과학이 말하는 우주의 시작은 입자와 반입자 중 하나가 폭발해서 우주의 시원이 되었다고 하는데 하나의 입자가 폭발할 수 있는 원천적인 동력인 에너지 그것은 어디서 왔을까 또 하나의 입자 자체가 생성된 것은 무엇 때문에 생성되었을까. 생각하게 되면 하나의 입자를 출생시킨 원천적인 동력의 근원을 부모라고 한다면 한울림이 바로 그 부모이시다.

　나는 무엇인가. 나는 생명이다. 생명은 어디서 왔는가. 생명의 근원 대생명에서 분생명된 개성생명체다. 인간의 의식의 주체인 개성생명은 개성이 똑같은 것은 하나도 없으며 그야말로 다양한 개성적 생명이다. 그에 대한 답은 인류(人類)의 서로 다른 육신이라는 몸, 즉 옷을 입고 살아간다. 최고의 디자이너는 바로 생명의 근이시고 생명의 부모이시고 희락의 부모이신 한울림이시다. 대생명에서 분생명된 개성생명은 정자와 난자의 결합으로 만든 육신의 부모 부모님의 몸속에서 성장의 세월을 지나 세상에 출생해서 성장하면서 살아가고 있다. 육신의 성장은 앞에서 잠깐 언급했고 새삼 설명을 하지 않아도 누구나 이미 다 아는 사실이다. 그러면 나라는 개성생명을 성장시키면서 육신과 더불어 살아가야 되는데 우리는 육신의 성장에 걸맞은 개성생명도 성숙되어야 인생의 알곡을 내생을 대비한 참고에 쌓일 수 있지만 할 일 없이 세월만 허비하고 낭비하면서 늙어 간다면 내생의 씨앗으로 저장되지 못한다. 생명이 내 몸을 떠나면 나는 그냥 시체인데 본래 나인 생명을 망각하고 알지 못하고 살아가는 것이 무지요, 어리석음이다. 나란 무엇이냐의 물음에 답은 알고 보면 세상 이보다 더 쉬운 답은 없다. 나는 생명이요, 개성생명이다. 참으로 쉬운 나를 보지 못하고 알지 못하기 때문에 세상은 온통 나를 모르고 나의 분수와 품격을 모르면서 모두가 잘났다고 설치는 세상이 요즘 요지경 같은 세상이다. 나의 개성생명을 인지하고 인식하고 깨달았으면 나의 개성 성장을 위한 행위로서 교육인 수행과 수행을 통해서 지혜와 올바른 식견을 넓혀나가야 한다. 육신은 그저 음식을 먹는 것으로 성장 유지가 되는 것과 같이 개성생명도 그와 같은 행위적 작용이 뒷받침 되어야만 성장한다.

육신의 성장 유지를 위해 음식을 먹는 것은 지극히 단순하다. 단순하면서도 제일 쉬운 일이다. 일중에서 음식을 먹는다는 것보다 더 쉬운 일은 이 세상에서 찾을 수 없을 것이다. 육신의 성장과 유지를 위해 또 한 가지 빼놓을 수 없는 작용으로서 호와 흡인 호흡작용이다. 한순간이라도 호흡을 하지 않고는 성장 유지는 불가능하다. 이와 같은 중요한 호흡은 음식을 먹는 것보다도 식은 죽 먹기보다도 쉽다. 그냥 자동작용으로 이루어졌다 해서 우리는 호흡의 중요성과 호흡에 가치를 모르고 그냥 공짜로 사용하기 때문에 더더욱 호흡을 망각하고 사는 것이다. 호흡의 망각에서 호흡을 의식하고 느끼는 것이 깨달음의 또 하나의 쉬운 공부다. 나의 주체인 개성생명을 성장시키자면 나의 개성생명이 무엇으로 구성되었느냐를 알아야 지만 성장시키기 위한 방법을 찾을 수 있다. 육신의 구성 요소는 물질이다. 물질로 구성된 육신은 물질로 된 음식과 호흡을 통해서 산소 수소를 공급받아야 살 수 있다. 개성생명은 구성 요소가 물질이 아닌 의식이며 의식 이전의 무의식이요, 무의식 자체도 없는 무의식 중의 무의식이다. 무의식조차도 없는데도 생명이란 의식이 존재가 있다는 사실이다. 호흡 없으면 살 수 없는데도 호흡을 깨닫기가 어려운데 무의식도 없는데 있는 생명, 즉 개성을 알기란 낫 놓고 기역도 모르면서 팔만대장경을 설법하려는 것보다 어려울 것이다. 육신의 성장에 필수 요소가 호흡인데 호흡도 외적인 호흡과 내적인 호흡 드러난 호흡과 나타나지 않은 내면의 호흡으로 이루어진다. 드러난 호흡은 공기의 유입과 배출과정에서 내 몸에 필요한 요소는 남고 불필요한 요소는 배출되는데 개성생명도 이와 같은 작용으로 호무호(呼無呼)와 흡무흡(吸無吸)의 작용으로서 진동(振動)과 울림으로 호흡 없는 호흡, 즉 날숨 없는 내쉼과 들이쉬는 들숨이 없는 식(息)을 파동과 울림으

로서 영식(靈息) 생명의 호흡이 성립되는 것을 느끼고 깨달아 사용
하는 것이 생명의 성장을 위한 행위로서 수행이라고 할 수 있다.

28

육신의 필수 요소로 **호흡(呼吸)과 개성생명체의 필수 요소인 영식(靈息)**에 대한 필자의 생각

생명에 내재되어 있는 개성으로서의 생명체는 성장 발전이 정지된 상태는 더 이상 성장한다고 보기 어려운 것이 또한 사실이다. 그렇다면 사람의 육신 속에 내재되어 있는 개성생명도 또한 성장해야 된다는 것이 진리요, 이치인 것이 아니겠는가. 하등동물에서 고등동물인 인간을 포함해서 모든 개성생명체는 성장을 해야 된다. 생명이 육신을 필요로 해서 육신을 사용하고 있는 것은 육신을 사용해서 개성생명이 성장하기 위함인 것이다. 하나의 겨자씨도 자신의 씨앗, 즉 종자를 보전하고 대대로 유전시켜 나가기 위해서 껍질인 외피를 통해서 씨앗 속의 종자는 세월이라는 계절의 시간을 경과하면서 영근다(성장한다). 그래도 하나의 씨앗이 보호막인 외과(外果)적 과일이 건강하지 못하면 씨앗은 영글 수 없고 성장할 수 없다. 우주자연 이치가 삼라만상 모든 존재는 성장이란 과정을 통해서 존재를 계승 시켜나가는 것이다. 동물이나 식물은 생명의 성장에 필요를 요하는 상상(想像)과 상념(想念)의 원초적이고 원천적인 지혜(智慧)가 입력되어 있지 않기 때문에 더 이상 좋은 품격으로 성장 발전할 수 없고 동물 또한 내면의 지혜로서 더욱 성장 발전을 하지 못하고 자연이 허락한 수명과 부여된 생존 본능으로 살아가면서 종의 번식을 유지하는 것이다.

인간의 탈이요 외피인 육신을 가지고 살아가는 인간으로서 육신 속에 존재한 개성생명을 스스로 성장할 수 있는 지혜를 터득해서 만물의 영장답게 부여된 분수와 품격을 성장 및 발전시켜 나가지 못한다면 어찌 동물이나 식물보다 잘 낫다고 자랑할 수 있으며 자칭 만물의 영장이라고 감히 언급할 수 있을까. 사람에게는 생각할 수 있는 자유와 숙고하고 관찰할 수 있는 능력을 무한 능력의 본원이신 희락부모 한울림으로부터 부여받았다는 사실을 스스로 깨닫지 못한다면 야생으로 살아가는 짐승들보다 낫다고 할 수 있을까. 인간의 개성을 성장시키기 위해서는 육신이 성장발전 유지를 위해서 필수적 요소인 공기와 음식을 먹고 마셔야 된다. 내적인 개성도 성장을 위해서는 육신이 먹고 마시는 것과 상응되는 먹고 마시는 작용을 해야 성장한다. 성장을 위한 행위가 없는 성장이란 본래 없다. 개성생명체의 성장을 위한 필수적 요소가 생소다. 생소란 공기 중의 산소와 수소 그리고 우리가 지금까지 존재한다고 상상하지 않았고 있다고 생각하지 않은 생소(生素)가 존재하고 있다는 사실이다.

이와 같이 인간의 내면의 개성생명체의 성장에 필수요소로 공기 중에 산소와 수소 그 내면에 생소가 내재되어 있다.

29

공기 중에 내재된 생소를 응용하여
내면의 개성생명체를 성장시키기 위한 방법

우리는 생명이라는 말은 많이 사용하지만 생명에 대한 인식의 발달이 미미한 상태이다. 생명공학이다 또는 무슨 학회 등 여러 기관에서 연구하는 것으로 알고 있다. 그러나 생명이란 지식적으로는 인식하기 어렵고 지식으로는 이해가 힘들고 기계로는 더욱 감지하기 어렵고 생명은 오직 지혜(智慧)와 상상(想像)과 상념(想念)으로 인식되고 이해가 되는 것이다. 육신이 성장발전에 필요로 하는 음식과 공기는 지식과 기계로 쉽게 볼 수 있고 알 수 있기 때문에 누구나 그냥 사용하지만 생명의 양식인 생소는 생각이나 지식으로 인식이 되지 않기 때문에 누구나 쉽게 사용하지 못한다.

요즘 종교계에서 생명의 양식이요, 생명의 말씀이라는 말을 많이 하는데 과연 목사, 장로님들의 설교를 듣고 생명의 영인 개성생명체가 육신이 나이라는 세월을 먹고 변해가는 것에 상응할 정도로 성장했을까. 필자는 동의할 수 없다. 생명의 말씀을 전달하는 솜씨가 달인의 경지를 넘어 명인의 경지에 이른 원로 목사님들을 보게 되면 일생을 교회 문 앞에 단 한 번도 가지 않은 경로당 노인들이나 평생 예불 한 번 참석한 적이 없는 노인들하고 별 차이점이 없다는 것이다. 그렇다면 생명의 말씀 또는 영의 양식이라고 하는 설교적 말씀은 그저 지나가는 말에 불과하고 개성생명체를 성장시키는 데 아무런 도움도 되지 않았다는 것이다. 왜냐 내가 남에게 베푼다는 것은 내가 가지고 있는 것 외에는 베풀 수 없다. 생명의 말씀과 생명의 양식도 내가 소유하고 있어야 다시 말하자면 생명의 양식을 알고 있어야 남에게 나누어 줄 수 있고 가르칠 수 있는 것이다. 설교테이프 녹음 방송 아무리 들어도 개성생명 성장에는 아무런 도움이 되지 않는다. 생명성장 요소인 생소는 상상과 상념으로 생소를 의식함으로서 생소가 비로소 파장과 진동(振動)으로 기쁨이 일어난다. 생명은 기쁨을 통해서 성장한다.

30

필자의 경험으로 본 생명의 양식인
생소를 사용할 수 있는 수행방법

생명에 대해서 다시 한 번 생각해 보자면 성경에서는 예수님께서
'나는 길이요, 진리요, 생명이니 나로 말미암지 않고서는 천국에 갈
수 없다(요/14/6절)'고 하셨다. 참으로 지극히 정당한 말씀이다.

나에게서 생명이 빠져버리면 나는 시체이지 더 이상 사람이 아
니고 시체다. 그렇다면 '나는 곧 생명이다'라는 말씀은 지극히 당
연한 말씀이다. 한데 우리 신자들은 2,000여 년 전이나 지금 현재
의 신자들이나 나는 생명이라는 사실을 망각하고 생명인 예수님
을 믿고 천당 간다고 생각하고 있다. 참으로 한심하지 않은가 예
수님의 육신도 시체인지라 장사 지내지지 않았는가. 예수님은 우
리 모두는 나 자신이 생명이요, 길이라고 가르치셨지 예수님을 믿
지 않으면 천국에 갈 수 없다고 말씀하신 것이 아니다. 내가 밥을
먹어야 배가 부르고 내가 밥을 먹어야 육신이 성장하고 유지가 되
는 것이지 예수님이다. 목사님이 식사하시는 것으로 나의 배까지
부르게 하실 수 없다는 사실이다. 그렇다면 생명의 성장도 나의

공부와 수행으로 성장하는 것이지 나는 수행을 하지 않고 수행한 사람을 통해서 나의 생명이 성장할 수 없는데도 하나님을 믿고 예수님을 믿고 천당 가는 것으로 알고 있다. 부처님이 달을 보라고 하신 말씀이나 예수님이 나는 길이요, 생명이라고 하신 말씀은 같은 뜻인데 달을 보지 않고 손가락만 보는 것과 나의 생명과 길을 알고 느끼고 깨달으라는 말씀을 예수님을 보고 예수님만 따르라고 하시는 뜻으로 알아들었다. 예수천국 불신지옥이라는 전단을 돌리면서 천국이 어디 있으며 하늘나라가 어디에 있는가를 알고 보고 가고자 하면 먼저 나 자신이 천국을 보고 알고 느낄 수 있는 나로 성장해야 된다. 천국은 지구 밖의 어디에 또 다른 나라가 천국으로 존재하는 것이 아니라 하나님이 있다고 생각하지만 육신의 눈과 육신의 의식으로는 보고 알 수 없으며 생명을 알고 느낄 수 있으면 천국을 볼 수 있고 천국생활을 할 수 있다. 필자는 30년 전에 사람이 늙으면서 일생동안 신앙과 수행을 하신 분이나 일생을 교회나 절에 한 번도 가보지 않은 사람이나 늙어가는 모양새가 거기서 거기고 어슷비슷하다는 것을 느끼고 왜 그럴까. 그렇다면 어렵고 힘들게 신앙생활이나 수행을 할 필요가 없지 않은가 라는 의문을 가지고 답을 찾기 위해 청소부는 나름대로 지금까지 살아오면서 느끼고 깨달아 터득한 것을 말도 안되는 말로 글을 쓰고 있다. 생소를 인지하고 생소를 응용해서 솟아오르는 기쁨은 물질로 만들어진 어떤 환각물질 보다도 기쁨과 즐거움 환희의 평화로움은 그 어느 것보다도 그 어떠한 수행으로 얻어지는 환희와 기쁨보다 크다는 사실을 느끼고 깨달았으며 나의 수행으로 발견한 수행방법을 의식만하면 때와 장소의 관계없이 희락의 경지에 몰입할 수 있다는 사실을 확실하게 말할 수 있다.

우리가 사용하고 있는 말 가운데 제일 듣기 좋은 말은 사랑과 생명이다. 사랑이나 생명에 관한 말은 아무리 들어도 싫증이 나지 않는다. 생명이나 사랑의 말을 사용할 때 기쁨이 창출되지 않는다면 그것은 공허한 메아리에 불과하다. 사랑이나 생명이란 말에 기쁨과 즐거움이 솟아날 수 있는 재료가 뒷받침이 될 때에 기쁨이 용출되는 것이다. 공기는 우주에 꽉 차 있으나 공으로서 아무것도 없는 것 같은 것은 공기가 눈에 보이지 않기 때문에 있으나 없는 것 같은 것이다. 실지 시각적으로 인지되지 않으나 우리는 호흡을 통해서 공기를 사용하지 않으면 살아갈 수 없다는 것이다. 기쁨의 재료인 생소(生素)는 지금까지 우리가 처음 들어보는 낯선 말이지만 그것은 공기 중의 산소와 수소 또 하나 생소가 존재한다는 사실이다. 생소는 지식적 인식으로는 인식할 수 없는 지식을 넘어서 지혜(智惠)의 눈으로만 인식되는 것이다.

천문학에서 우주를 관측하는 허블망원경이 발명되기 이전에는 우주에 무한한 우주와 은하와 은하단이 존재한다는 사실을 모르고 지구가 둥글다는 사실을 알지 못하였다. 지금까지 사용하는 우주관측 카메라는 현재 보이는 것 이외에는 더 이상 보이지 않는다 해서 더욱더 성능이 좋은 관측 카메라를 만들어야 더 높고 더 넓은 우주를 관측할 수 있다. 생소를 인식(認識)하고 인지(認知)

하기 위해서는 나의 지혜(智慧)의 창인 지혜의 인지능력이 성장해야 된다. 호흡작용으로 공기를 부담 없이 자유롭게 사용하는 것과 같이 생소 인지능력이 확대되면 공기를 사용해서 호흡을 하는 것보다도 더 쉽게 생소를 사용해서 기쁨을 즐길 수 있다. 우리가 무엇을 보고 알았다고 하는 것은 확실하게 보이고 보이는 것이 무엇인가를 정확하게 알아야 알았다 라고 할 수 있는 것이지 보기는 보되 무엇인지 확실하게 알지 못하면 보고 알았다고 할 수 없는 것이다. 아무것도 없는 상태에서는 아무리 보아도 보이는 것이 없으며 아무것도 발견할 수 없다.

우주관측 카메라가 아무리 성능이 좋다고 해도 우주에 보여질 수 있는 입자와 많은 요소자체가 존재하지 않다고 한다면 관측 카메라는 아무것도 관측할 수 없다. 지혜와 인식능력이 아무리 차원 높게 성장했다고 해도 공기 중에 또 다른 요소인 생소가 없다고 하면 지혜의 인식으로는 아무것도 인지되지 않는다. 세상 이치는 존재하고 있는 것을 인식하고 의식적 작용의 행위로서 존재하고 있는 것을 인지하고 나에게 필요로 요구되는 것에 사용할 수 있다.

발전기관인 전력 생산공장에서 전기를 무한히 생산하고 있지만 그와 같은 전기를 내가 사용할 수 있는 시설이 준비되지 못했다면 전기를 사용할 수 없다. 전기를 사용할 수 있는 시설이 구비되면 간단하게 스위치 작동만 하면 편리하게 전기를 사용할 수 있다. 우주에 가득 차 존재하고 있는 공기 중의 생소를 기쁨의 재료로 사용할 수 있는 나의 능력이 성장해서 내재되어 있다면 스위치 작동과 같은 간단한 행위로서 생소를 사용할 수 있다.

말씀(言辭用)

말은 생명이고, 생물이며, 바이러스다. 죽은 자는 말이 없다(死者不可言). 아무리 말을 잘하는 웅변가나 명연설자나 명강의자나 명설법자나 명설교자나 그 밖의 누구도 매한가지로 죽으면 말을 할 수가 없다. 말이란 오직 살아 있는 자에게만 허락된다.

해서 말은 생명이며 말이란 생물이다. 말은 우주 만물을 창조한 창조주다. 우리가 알고 있는 우주와 알았다고 하는 우주 만물 만상은 말로서 인해 고유명사로 생겨나서 존재한다. 말이라는 생물이 없다면 우주에서 이름 지어져 있는 모든 만상은 나타나지 못했을 것이다. 그래서 말은 창조주다.

말은 사람을 죽일 수 있는 무기도 되고 사람을 살릴 수 있는 명약도 된다.

전쟁을 시작하기 전에 먼저 선전포고를 한다. 어떠한 테러리스트든지 먼저 공격을 한다고 공격하겠다고 경고를 한다. 전쟁과 테러도 말로 먼저 시작이 되는 것이다. 좋은 말을 들으면 말을 한 사람이나 말을 듣는 사람이나 기분이 좋아진다. 나쁜 말을 들으면 듣는 이나 나쁜 말을 사용한 사람이나 다 같이 기분이 나빠진다. 말은 바이러스다.

말의 근원(言根原)

내가 무엇을 알지 못하고 있던 것을 보고 알 수 있게 된 것은 내가 그 것을 알아 볼 수 있는 지혜가 성숙되었기 때문에 보이고 알아지는 것이지 본래 없는 것을 내가 만들어서 보고 알아진 것이 아니다.

내가 하늘 천(天) 자를 안다고 하는 것은 하늘 천자를 알 수 있는 만큼 인식의 창이 밝아졌다는 것이지 하늘 천자를 내가 만들어 놓고 보고 알았다고 하는 것이 아니다. 말을 사용할 수 있는 인간은 말을 사용할 수 있는 언어적 상념이 성장하고 발전 한 것이지 말의 근원인 말의 본래 원인조차 없다면 인간의 지혜가 성장했다고 해도 말을 사용할 수 없는 것이다.

우리가 음식을 만들어 먹는다는 사실은 음식을 만들 수 있는 재료가 있기에 가능한 것이지 음식의 재료가 전무한데, 없는데 음식을 만들 수 있는 요리사는 없다. 철학에서 말하는 우주란 언어적 관념으로 구성된 건축물이라 라고 했다. 그래서 말이라는 요소적 인자가 있는 고로 우주라는 관념적 건축물이 만들어진 것이지 말 자체가 없다면 언어적 관념론인 우주는 탄생되지 않았을 것이다. 최초에 전기를 발명한 사람도 전기를 만들 수 있는 원재료가 있기에 전기를 만들 수 있었지 전기의 원재료가 없는데 전기를 만들 수는 없지 않는가. 원인 없는 결과란 존재자체가 없다.

말을 언제 누가 만들어 사용했거나 말의 근원이 있었기에 말이 만들어 졌다는 사실이다. 말의 근원적 원인이 없다면 세상에 말이 나타날 수 없다. 공기란 요소가 존재하기 때문에 우리는 공기를 호와 흡으로 사용이 가능하며 공기자체가 없다면 호흡 또한 있을 수 없으며 모든 생명체와 인간은 존재자체가 무의미하다.

오늘날 과학이 발전하고 철학이 발전해서 새로운 문명을 발견과 발명을 한다고 해도 그것을 발명할 수 있는 원재료가 본래 있었기에 만들 수 있는 것이다. 우리가 말을 쓰고 있는 것은 말의 원인으로 존재하고 있는 말의 무한동력으로 존재하는 언어적 파동에서 각자 나름의 분수와 품격에 맞는 말을 언어적 파동에서 끌어다 사용하는 것이다.

생소 인식(生素認識)

인간의 의식은 있다고 하는 사람과 없다고 하는 사람으로 항상 대치되어 온 것이다. 신이 없다고 하는 사람에게는 신이란 존재하지 않는 것을 있다고 믿는다고 하며 유신론자는 신이 있고 있다고 하는 사람은 신이 존재한다고 믿고 확실하게 믿고 살아가는 것이다. 우리가 알지 못하는 것은 곳 없다고 하거나 아니면 모른다고 하는 것이다.

공기의 이치를 알지 못하는 사람은 공기를 모르고 공기가 공기란 어디에 있는가 하고 반문한다. 공기가 있어 내가 숨을 쉴 수 있고 숨을 쉬기 때문에 나는 살아가고 있으면서도 다만 육신의 눈으로 보이지 않기 때문에 공기가 없다고 하는 것이다. 내가 무엇을 사용해서 나에게 유익하게 쓰기 위해서는 그것을 확실하게 알아야 되는 것이다.

지금까지 생소가 없다고 생각하는 것은 생소의 존재를 알지 못하고 있기 때문이며 생소에 대한 인식을 의식하지 못하기 때문이다. 우주의 무엇인가를 찾아내기 위해서 천체에 망원경을 들이대고 무작정 기다리는 과정에서 무언가 지금까지 보지 못하던 행성이나 은하가 관측되는 것이다. 우주에 허블망원경을 설치하지 않고서는 아무것도 발견하지 못한다. 생소의 인식도 상상으로 있을 것이라고 상상하고 의식을 집중하다 보면 무엇인가가 인식하게 되는 것이다. 생소란 지혜의 인식 창으로 인지(認知)되는 것이지 육신의 생각이나 감각으로는 인지되지 않는 것이다. 한 마디로 말해서 생소가 있다고 하는 사람에게는 생소가 소생해 보이고 생소가 없다고 하는 사람에게는 나타나 보이지를 않는다.

생소 인지 수행법(生素認知修行法)

생소가 있다고 믿고 생소를 응용해서 기쁨을 만들어 개성생명체를 성장시키려면 생소 인지 수행법을 활용해야 한다.

생소를 인식하고 인지된 생소를 응용해서 기쁨을 생성시켜서 삶에서 기쁨과 즐거움으로 생명이 성숙되는 것을 느끼며 살아가는 수행법은 너무도 간단하고 쉬운 행법이다. 그러나 이것이 생소라고 확실한 신념으로 생소가 인식되기 까지는 수행자가 얼마나 집중하고 응시해서 생소를 인식하느냐의 문제는 수행자의 노력에 따라서 빨리 인식되고 더디게 인식되는 차이점은 있겠으나 궁극적으로 생소가 인식되는 것만은 확실한 것이다.

부처님께서 진리(眞理)에 도달하는 방법은 같은 것을 지속적으로 반복해야 되며 분투노력해야 되고 면밀한 숙고와 관찰을 해야된다고 하셨다. 우리가 무엇을 이루기 위해서는 지속적 반복으로 노력해야만 결실을 얻을 수 있는 것이고 확고한 신념으로 지극정성으로 행해야만 성과를 거둘수 있는 것이다.

발명가가 어떠한 것을 만들기 위한 목표를 세웠다면 만들고자하는 것에 대한 실험을 셀 수 없는 수많은 실험과 노력을 해야만 성공할 수 있는 것이다. 이 세상에 그 무엇이거나 시간과 노력과 정성을 다해서 반복적으로 행하여야 목표를 이루는 것이지 그저 한순간 뚝딱 이루어지는 것은 하나도 없다. 지금 우리가 오늘날 살아가고 있는 아니 내가 살아갈 수 있도록 구성되어 있는 지구의 나이가 46억 년 이라는 세월이 경과되었고 우주의 연륜은 137억 년의 시간을 지나왔다는 사실이다. 자연에 이치가 이러한데 인간이 만들어가는 인간이 필요로 하는 구성요소가 그저 한순간 뚝딱 이루어지는 것은 없다. 얼마나 성심을 다해서 노력하는 가에 따라서 결과가 달라지는 것이다.

생소를 인식하고 인식된 생소를 응용해서 내가 필요하게 사용하고자 한다면 같은 것을 지속적으로 반복하게 되면 반듯이 생소는 인식되고 느끼고 알게 되는 것이다. 다시 한 번 말하지만 공기 우리가 사용하고 있는 공기 그것은 이미 인식되어 있기 때문에 또 다른 인식을 위한 노력이 없어도 호흡이 자유롭지만 생소는 아직 우리인류의 의식에 인식되어 있지 않기 때문에 쉽게 사용을 하지 못하는 것이다. 그러나 생소가 존재한다는 사실과 존재하고 있는 생소를 스스로 존재하고 있는 생소를 스스로 인식하게 되면 생소를 응용해서 나의 생활을 윤택하게 살아 갈 수 있는 것이 사실이다.

31
간단한 방법의 지속적 반복을 통한 생소 터득

생소인식의 수행법으로서의 근본적 원리는 말(言)이다. 생소를 인식하기 위해서 어떠한 기구나 물질을 사용하는 것이 아니고 말씀이나 말을 재료로 써서 생소를 인지하는 것이다. 부처님께서 진리에 도달하는 방법은 같은 것을 지속적으로 반복하고 분투노력하고 면밀한 숙고와 관찰을 해야 한다고 하셨다(빠알리 경전).

이 말씀은 무슨 뜻이냐 하면 같은 진리의 경문을 지속적으로 반복하고 분투노력과 면밀히 숙고해야 된다는 것은 다시 말하면 염불과 기도라는 의식이다.

여기서 필자가 강조하는 것은 염불과 기도의 내용이 중요하다는 것이다. 염불과 기도는 무엇을 사용하느냐 그것은 말이라는 것을 재료로 사용하며 염불과 기도의 말씀, 즉 내용이 중요한 비중을 차지한다는 것이다. 말씀과 기도와 염불이 얼마나 생소를 창출할 수 있느냐. 말씀과 염불과 기도의 내용이 생소인식에 얼마나 타당성이 있고 합리적인 내용이냐가 중요한 것이다.

인간이 사용하고 있는 언어에 잠재되어 있는 위력은 참으로 그 파장과 진동이 큰 것이다. 사람을 죽일 수도 살릴 수도 있는 힘이 말씀 속에 잠재되어 있다는 것이다.

다음으로 염불과 기도를 위한 말씀, 즉 말을 어떠한 방법으로 사용하느냐에 따라 생소인식의 차이가 나는 것이다. 염불과 기도를 어떤 방법으로 하느냐에 따라서 생소가 인지되고 느끼는 것에 차이점이 있다는 것이다.

32

말(言)을 어떻게 사용해야
생소를 확실하게 인식할 수 있는가

언어(言語) 사용의 수행법

첫째, 인류가 말을 사용한 것은 언제 어디서 누가 만들어 사용하기 시작해서 현재까지 인류는 말이라는 것을 사용해서 상상의 세계를 만들어 가고 있는 것은 사실이다.

말의 시작이 어디서 출발하였거나 말이 세상에 나타난 것은 말의 원천이 말의 근본이요, 말씀의 대파동으로 말의 구성요소가 존재했기에 말의 출현이 가능했던 것이지 말씀의 구성요소가 존재하지 않았다면 말씀이 출현하지 못했을 것이다.

원인 없는 결과란 없다는 진리로 보자면 언어 역시 예외일 수는 없는 것이다. 말씀을 사용해서 염불과 기도를 하는 방법은 드러난 말씀과 드러나지 않은 말씀이 있다. 소리 내어 크게 말을 사용하는 염불과 기도가 있고 소리 나지 않는 말과 드러나지 않는 말로서 하는 염불과 기도가 있다. 필자의 경험으로는 후자의 방법이 생소인식을 인지하기가 쉽다고 할 수 있다.

'언무언(言無言)', 말이 없는 말, 소리 내지 않고 상념의 말을 해야 한다. '음부음(音無音) 념무념(念無念) 상무상(想無想)'. 소리 너머의 소리를 들어야 하고, 생각 없는 생각과 상상을 넘어서 상상으로 기도와 염불을 하게 되면 생소는 인식되고 지혜의 창이 밝아지면서 생소가 보인다.

둘째, 말씀의 원료를 쓰기 좋게 재단하고 요리를 해서 사용해야만 생소를 응용할 수 있다.

세상에는 수많은 재단사, 디자이너가 존재하고 우리는 그들이 다양한 작품을 창조해 세상에 내놓은 것을 사용하고 있다. 세상에는 또한 다양한 원단이 존재하기 때문에 디자이너는 다양한 옷을 만들어 내는 것이다. 원단이 아무리 많이 존재해도 그 원단을 가지고 다양한 옷을 만들 수 있는 재단사와 기타 기술을 가진 사람이 없다면 아무리 원단이 많아도 옷이 만들어지지 못한다. 옷이라는 것을 보게 되면 옷은 사람의 몸을 보호하고 또한 드러내 보이기 싫은 곳을 가려주며 또한 아름다움을 나타내기도 하는 것이며, 사람들은 각자 개인의 개성에 맞는 옷을 선택해서 사용하는 것이다. 사람들의 개성은 저마다 천차만별로 다르기 때문에 사람들의 개성에 맞는 옷을 만들기 위해서 디자이너들은 많은 노력과 상상을 떠올려 작업을 하는 것이다. 세상에 음식 재료가 아무리 많이 존재해도 음식을 만들어 먹을 수 있는 기술이 개발되지 않았다면 다양한 음식을 먹을 수 없을 것이다. 세상에는 다양한 요리가 만들어지고 있는데 문명이 발달하고 경제가 성장하면서 인류는 오늘날 참으로 다양한 음식을 즐기고 있다. 이와 같은 방법은 육신을 지탱하기 위해서 만들어지는 것이며 육신의 성장과 육신의 기쁨 외적인 즐거움을 돕기 위한 방법이다.

공기 중에 존재하고 있는 생소도 아무리 많이 존재하고 있어도 이 생소를 인식하고 생소를 의식하고 생소를 상상해서 확실하게 생소가 인지되어야 인지된 생소를 응용해서 기쁨을 응출시킬 수 있는 것이다. 재단사가 원단을 이해하고 원단의 재질을 알아야 좋은 옷을 만들 수 있고 요리사가 음식재료의 성질을 파악해야 좋은 음식을 만들 수 있는 것과 같이 생소의 존재를 알고 생소를 인지해야 응용이 가능하다. 생소 응용방법은 말을 사용하는 것이며 말을 사용해서 생소를 융합해서기쁨이 창출될 수 있도록 말을 요리하고 말을 재단해서 말을 사용해야 된다.

셋째, 일맥동(一脈動) 삼음용(三音用)이다.

생소 응용방법은 우선 생소가 공기 중에 무한한 생소가 존재한다고 하는 사실을 믿고 있다고 하는 확신을 가지고 수행해야 인지되는 것이다. 과학의 발전도 어떠한 원소가 존재한다는 사실은 가정하고 연구에 연구를 거듭해서 원소가 찾아지는 것이고 찾아진 원소를 또 다른 원소와 합성을 수많은 실험의 반복으로 어떠한 원료가 생산되는 것이다. 지금까지 생소에 대한 단어조차 생소한 것은 물론이고 존재 자체를 알지 못하였던 것이다. 필자는 30년 전에 사람이 늙으면 수행인이나 종교인이나 무종교인이나 일생을 수행이라는 말을 들어보지 못한 촌로들이나 늙어가는 모양새를 보자면 대동소이하다는 점을 느끼고 그에 대한 답을 얻고자 노력했다. 생명체, 의식의 주체, 종교계에서 부르는 영혼 또는 영인체 자아는 수없이 많은 이름으로 불리는데 필자는 개성생명이며 대생명의 본원에서 분생명된 개성생명이라고 명명한다. 참나라고 할 수 있는 개성생명도 육신이 성장하기 위해 음식을 먹는 것과 같은 개성생명도 성장을 위한 필수요소가 있어야 하는 것이 진리라고 보는 것이다. 개성생명의 성장요소가 바로 생소라는 것이며 생소를 어떤 방법으로 수행해서 생소를 응용하고 개성생명을 성장하느냐 라는 수행법을 필자는 수많은 상상과 상념을 지속적 반복하면서 터득한 수행법을 자문자답으로 원고를 쓰고 있는 것이다. 사람이 죽으면 육신은 물질인고로 물질로 환원되고 생명은 공기로 환원된다고 철학이나 과학계에서 말하고 있으며 종교계에서는 영인체는 하늘나라 천국 가서 영원히 산다고 가르치고 있다. 이 모든 논리는 나름대로 일리가 있겠으나 필자는 육신은 물질로 환원되고 개성생명은 대생명의 본류요, 대생명의 파동 속으로 흡수된다고 믿는데 자세한 내용은 다음으로 미루고 여기에서는 생소인식 수행법을 제시하고자 하는 바이다.

천신궁(天神躬) 수행법

나의 몸을 가르치는 말이다. 육신에서 생명을 빼어버리면 그냥 시체이지 사람이 아니다. 육신에 생명이 깃들어 있음으로서 사람인 것이다. 그렇다면 나라는 주체는 곧 생명인 것이며 생명은 어디서 왔을까. 나에 대한 육신을 포함해서 우주에 나타난 현상적 실체는 외적인 우주요, 내적인 주체적 우주는 생명으로서 대생명의 본류며 대생명의 근원이 존재한다는 것이다. 과학에서 밝혀진 이론에 의하며 우주가 팽창하고 있는데 초당 700k의 속도로 팽창한다고 한다. 우주가 그와 같이 팽창할 수 있는 확대능력이 생명의 힘인 것이다. 본래 자존하고 영존하는 대생명에서 분생명된 개성생명이 나의 육신에 깃들어 존재하고 있는 나를 곧 천신궁이라고 명명하는 것이다. 천신궁 수행을 함으로서 생소가 인지되는 것이며 생소가 인지됨으로 기쁨이 창출되고 기쁨이 창출됨으로 개성생명체는 성숙되어 가는 것이다.

시심천주(侍心天主) **조화전신**(造化全身)
응보생명(應保生命) **천신진궁**(天神眞躬)
희열천부(喜悅天父) **상락천모**(常樂天母)
고유개성(古惟個性) **지한생명**(智漢生命)
영원무궁(永遠無窮) **자진상동**(自振常動)
무한능력(無限能力) **영원생명**(永遠生命)

앞의 문장은 천신궁 수행에서 필수조건인 상념문(想念文)이다.

부처님이나 예수님이나 그 밖의 모든 종교를 창시하신 분들은 염불이나 기도문으로서 문장을 만들어 사용하고 전하도록 하였다. 왜일까 왜 그토록 많은 염불과 기도문을 낭송하라고 가르쳤을까. 그것은 다름 아닌 참나를 깨우치기 위한 수행법인 것이다. 참나는 의식되지 않고 보이지 않으나 분명히 존재하고 있는 참나를 깨치기 위해서 열심히 염불하고 기도하라고 가르치신 것이다. 필자는 경문과 기도문에서 의문을 품게 되었다. 염불에서 사용하는 불경이나 기도로서 응용하는 기도문이 참나를 나타내고 참나를 성장시키기 위한 내용으로서 의미가 매우 빈약하다고 느껴졌다. 물론 필자의 배운 지식이 전무한 관계로 이해력이 부족한 것도 사실이지만 너무 어려운 것은 물론이요, 그 뜻을 이해하기 어렵다. 값이 비싼 요리일망정 그 맛을 제대로 음미할 수 없다면 가격이 비싼 만큼의 나에게 유익하지 않다는 사실이다. 예부터 전해 내려오는 〈천부경〉 81자나 〈격암유록〉 같은 글은 참나를 발견시키고 성장시키기 위한 생명의 양식으로는 먹기 어려운(영식; 靈息), 즉 생명식이다 라고 느껴지는 것이다. 필자는 천부경 81자를 수없이 지극정성을 다해서 염송(念誦)해 보았으나 지혜의 발견이라고 하는 것을 별로 느껴보지 못했다. 우리 몸에 좋은 음식은 맛도 좋아야 되고 먹기도 간편해야 되고 먹은 후 소화흡수는 물론이며 나의 육신을 지탱하기 위한 영양이 뒷받침이 되어야 좋은 음식이지 색깔만 좋고 먹기도 불편하며 먹은 후 기분이 개운치 않다면 좋은 음식이라고 볼 수 없다. 경문과 기도문은 쉽게 말하자면 개성생명의 성장을 돕는 영식(靈息)이라고 할 수 있는 것이다. 육신의 성장을 돕고 육신의 지탱을 도와주는 음식과 같이 개성생명의 성장을 돕고 개성생명을 성장시키기 위한 영식이 있어야 되는 것이다. 작용이 없는 성장과 유지는 있을 수 없는 것이다. 육신과 생명의 성장유지를 위한 작용이 음식을 먹는 것과 기도와 예불을

드리는 것이라고 볼 수 있다. 육신의 성장과 유지를 시켜주는 것이 음식이라면 생명의 성장을 돕는 행위가 기도와 예불이라고 한다면 음식을 먹는다는 것은 외적인 작용이요, 기도와 예불은 내적인 행위인 것이다. 드러나 보이지 않아야 되고 소리 나지 않는 말없는 말(言無語), 상념과 상상이어야 된다. 왜일까. 보이는 음식은 드러날 수밖에 없지만 보이지 않는 경문과 기도의 말씀, 즉 말사용(言用)은 드러나면 별로 효력을 발휘하지 못한다 해서 예수님도 큰소리로 기도하지 말고 골방에서 조용히 기도하라고 가르치셨고 부처님도 명상을 통해서 묵언 정진하라고 가르치신 것이다.

　　宇宙生素 應視集中
　　氣血淸靜 呼吸振動

　우주는 공기로 꽉 차 있다. 그러나 육신의 눈으로는 공기가 보이지 않는다. 그러나 공기가 있는 사실을 부정하는 사람은 없다. 상식적으로 공기는 우주에 꽉 차 있다고 누구나 믿고 있는 사실이다. 인간은 누구나 태어나면서 호흡할 수 있는 능력을 가지고 태어난다. 태어나면서 제일 먼저 하는 행위가 호흡이다. 그러나 아기는 아직 말을 사용할 수 없기 때문에 호흡은 공기를 사용해서 이루어진다는 사실을 알지 못하고 호흡을 하면서 성장한다. 아기가 말을 하지 못하고 사물을 이해할 수 있는 정신적 발달이 되지 않았기 때문이다. 우주에는 기쁨의 요소인 생소가 공기 속에 무한히 존재하고 있지만 우리는 생소에 대한 인식을 하지 못하고 살아가는 것이다. 우리는 호흡하면서 공기의 소중함을 모르고 그 냥 공짜배기로 공기를 사용하면서 공기에 대한 소중함을 망각하고 살아간다. 생소의 구성요소는 기쁨과 즐거움을 응출시키는 위력의 언자가 포함되어 있으며 지혜를 깨달을 수 있는 요소가 내포되어 있다. 그러나 공기는 의식하지 않아도 호흡이 절로 되지만 생소는 의식하고 인식되지 않으면 기쁨을 발휘할 수 없는 것이다. 우주에는 공기의 또 다른 요소라고 할 수 있는 생소가 꽉 차 있다는 사실을 상상과 상념으로 집중해야 인식되고 인지되기 때문에 지금까지 기도나 참선 명상과 같은 여러 가지 방법으로 집중하는 수행을 행하고 있으나 생소 자체를 인식하지 않고 무념무상(無念無想)으로 참선과 명상을 하기 때문에 생소가 인지되지 않으며 기쁨이 응출되지 않는 것이다.

있는 그대로 아름다워

산은 물을 건널 수 없고
물은 산을 넘을 수 없지만
산이 있어 물은 맑게 흐르고
물이 있어 산은 언제나
푸르고 싱그럽다.
−2008년 12월의 어느 쉬는 날

본향(本鄕)

나 본향으로 가리라
나의 생명 얼싸주던

세월 다하면
나 본향에 가리라
울림의 한 귀퉁이에서
놀다가 메아리 손짓하면
웃음으로 응하며 나 가리라
떠나온 곳으로.

-2006년 6월 23일 오후, 성수아카데미타워에서

그러나 생소가 우주에 꽉 차 있는 공기의 내면에는 반드시 생소가 무한히 존재한다고 의식하고 집중을 하다 보면 의식이 밝아지고 기쁨이 창출되는데 물질로 만들어진 어떠한 환각제품이나 남녀가 사랑의 행위로 이루어지는 기쁨과 즐거움이 그 어떠한 방법이나 행위로 이루어지는 기쁨이라도 생소를 의식해서 인지되는 기쁨의 파장과 진동으로 소생되는 기쁨과 즐거움에는 비교가 되지 않는 차원 높은 희락이 창출되는 것이다.

광명우주(光明宇宙) 생소융합(生素融合)
지혜자비(智惠慈悲) 생명(生命)울림

우주의 둘레는 빛이다. 지혜도 밝음이라고 한다. 우주를 감싸 안고 있는 둘레라고 할 수 있고 우주의 외포장이라고도 할 수 있는 우주의 근원이며 원인이고 결과의 우주는 광명이다. 그리고 빛과 지혜의 내면에는 생소가 충만해서 존재하고 있다 우주에 충만한 생소를 융합해서 나에게 필요로 사용해서 건강을 유지하고 정신이 밝아지고 지혜를 성숙시켜 나가야 된다.

융합 육신이 필요로 하는 호흡과 육신을 지탱하기 위해서 먹는 음식은 모든 재료를 융합해서 만들어 먹는 것이다. 호흡도 깊이 들여다보면 결국 공기를 융합해서 호흡을 하는 것이다.

사랑(愛)

사랑은 스스로 사랑 할 때
찾아오는 것이며
행복은 스스로 행복할 때
이루어지는 것이다.
-2006년 7월 10일 성수아카데미타워에서

우주는 광명이다. 그리고 빛과 지혜의 내면에는 생소가 충만해서 존재하고 있다. 우주에 충만한 생소를 융합해서 나에게 필요로 사용해서 건강을 유지하고 정신이 밝아지고 지혜를 성숙시켜 나가야 된다. 융합 육신이 필요로 하는 호흡과 육신을 지탱하기 위해서 먹는 음식은 모든 재료를 융합해서 만들어 먹는 것이다. 호흡도 깊이 들여다보면 결국 공기를 융합해서 호흡을 하는 것이다.

외적인 호흡재료인 공기를 융합해서 호흡을 하는 것이다. 내적인 호흡의 재료인 생소를 융합해서 내면의 호흡인 진동과 파장을 만들어 기쁨을 응출시켜 생명의 성장을 돕는 것이다. 우리가 즐겨 먹는 음식과 다양한 요리는 다양한 재료를 융합해서 먹기 좋은 음식과 요리로 탄생시키는 것이다. 요즘 한식에서 인기 메뉴인

비빔밥도 알고 보면 다양한 재료의 융합으로 만들어지는 것이다.

수고

지금 바쁜 것은
기쁜 날을 만들기 위함이고
내가 지금 힘든 것은
즐거운 날을 맞이할
준비인 것이다.

명상(明想) 시심(視心)

기쁨으로 바라보니
진동으로 응해 오네.
보고보고 또다시 보노라면
울림의 진동과 파동은
새록새록 새롭게 울리네.

-2006년 7월 28일 성수아카데미타워

　　그러면 생소는 무엇으로 융합해서 생명의 성장을 돕는가 생소
융합의 원자재인 원소는 언어다. 말씀을 원재료로 활용하는 것이
다. 생소가 존재하되 눈에 보이지 않는 것과 같이 말씀이 나타나
고 출언 되지만 눈에 보이지 않는다. 유유상종 같은 것을 따른다.
그래서 생소는 말씀으로 융합되는 것이다.

희망

희망은 아름다운 미래며
누구나 소망할 수 있으며
건전하고 실현 가능한
소망이라면
언젠가는 희망의 밝은 빛은
나의 소망을 채워 주리라.

말씀으로의 생소융합법이란 다름 아닌 기도와 경문이다. 경문과 기도의 가치와 의미는 얼마나 나를 청정한 삶으로 이끄느냐, 나를 올바른 식견과 지혜로 이끌며 나를 얼마나 청빈한 삶으로 만족을 누릴 수 있도록 인도하느냐, 나를 얼마나 참된 지혜와 해탈로 인도하고 탐욕도 없고 집착도 없는 열반을 아름답게 받아들일 수 있도록 인도하는 힘이 내재되어 있느냐 하는 것이 최고의 생소융합법인 경문이라고 할 수 있다.

지금까지 인류를 선도해 온 종교계에서 사용하고 있는 경문이 앞에서 잠깐 언급한 내용을 뒷받침하는 역할을 했느냐 하는 점인 것이다.

경문의 내용은 앞에서 언급한 내용을 충분히 반영할 수 있는 경문이 최고의 기도와 경문일 것이다.

배움(공부)

배움은 나의 마음을
조금씩 밝혀 가는 것이며
앎(인식)은 나의 삶을
조금씩 자유롭게 하는 것이다.

영생은 꿈을 꾸는 허망
삶에서 생명을 빼어 버리면 그대로 시체인 것을 허나
생명은 도시 죽지도 않고 또한
태어나지도 않거늘
영생이란 무슨 말인고

생명(生命)울림

살아 있다는 것은 움직인다. 움직이지 않는 것, 즉 울림이 없는 삶이란 존재하지 않는다. 허블망원경으로 관측하면 우주가 초속 700키로의 빠른 속도로 팽창한다고 한다.

법정스님도 말씀하시기를 울림이 없는 만남은 진정한 만남이 아니고 한 때의 마주침이라고 하셨듯이 인간을 비롯한 모든 생명체가 만나고 헤어지기를 반복하는 삶을 살아가고 있지만 생명의 울림이 의식되지 않은 진정한 만남이 아닌 만남과 헤어짐의 반복된 삶을 살아가는 것이다. 왜 그런가 하면 나라는 존재는 대생명에서 분생명된 개성생명인데 나의 개성생명은 대생명의 본원에 나의 개성생명선을 연결해야 생명이 인식된다. 나의 생명은 나 스스로 만들어 태어난 생명이 아니고 대생명에서 분생명되어 탄생되었기 때문에 나의 개성생명선을 대생명인 생명의 본원에 연결해야 생명이 인지되는 것이며 생명이 인지되어야 울림을 감지할 수 있는 것이다.

이 시대에 살고 있는 우리는 과학의 발전으로 많은 혜택을 누리고 살아가지만 그중에서도 가장 보편적으로 다수가 사용하는 것이 휴대전화일 것이다. 그런데 휴대전화의 복잡하고 다양한 제품으로 조립되었지만 전원이 연결되지 않으면 휴대전화는 살아 있는 것이 아니고 정지된 것이다. 정지된 것은 죽은 것이나 매한가지라고 볼 수 있다. 휴대전화의 배터리를 전원에 연결하면 외형상 아무런 변화가 없는데도 충전이 되어 전화기를 사용할 수 있다.

우리는 생명의 힘으로 생명의 능력으로 살아가면서도 생명을 망각하고 생명을 잊어버리고 살아가기 때문에 생명에 대한 고귀함을 모르고 생명을 경시하는 행위로서 흔히들 스스로 목숨을 끊어버리는 자살행위를 하는 사람들이 많아지고 있는 것도 사실은 생명에 대한 이해의 부족이며 생명에 대한 정보의 부재 생명에 대한 색맹, 즉 생명을 볼 수 없기 때문이다. 요즘 종교계 교육계에서 유아에서부터 성년에 이르도록 가르치지만 생명의 이치를 자각하도록 가르치지 못하고 있다는 것이다. 가르치는 위치에 계신 분들이 생명에 대한 이치를 확실히 알아야 생명에 대한 교육을 할 수 있을 것이다. 필자는 앞에서 여러 번 말을 했지만 다시 한 번 되풀이 하자면 평생 교단에서 사신 분과 평생 종교계에서 종사하신 분이나 시골에서 평생토록 농사만 지으면서 사신 할머니, 할아버지나 늙어가는 모양새와 죽음을 받아드리는 모양새가 별 차이점이 없다는 것이다. 원인은 생명의 이치를 모르고 개성생명을 인식하지 못하고 개성생명을 성숙시키지 못했기 때문이다.

응시본원(應視本原) 일념집중(一念集中)
희락진동(喜樂振動) 자연관조(自然觀照)

개성생명의 성숙을 위한 수행법 성숙과 성장은 행위의 작용으로 이루어진다. 행위의 작용이 없는 성숙은 없다. 개성생명의 성장을 위한 작용은 개성생명이 생소를 감응의 작용으로 성숙되며 생명이 생소를 감응한다는 것은 우주에 무한하게 존재하는 생소, 즉 생명의 성장요소인 원소재를 인지하여야 된다.

생소를 인지한다는 것은 생소를 인식할 수 있는 인식의 능력과 인식의 지혜가 개발되어야 한다. 생소인식 개발을 위한 수행의 테크닉을 높이기 위한 부단한 노력으로 인식되는 것이다. 어떠한 운동의 종목이거나 그 분야에서 최고가 되기 위해서는 끊임없는 노력으로 이루어지는 것이다. 생소 인식능력도 예외일 수는 없는 것이다. 응시하고 바라보고 무호흡의 경지, 무사념의 경지로 가기 위한 분투노력을 하다 보면 진동과 파장이 감응해 오고 진동과 파장 속으로 기쁨이 응출되고 즐거움이 창출되는 것이다. 이와 같은 사실은 누구나 믿고 행할 때에 인식되는 것이다. 응시하고 집중하고 수행을 하다 보면 생소는 나타나 보이고 생명이 성숙된다는 것을 스스로 깨우치게 된다.

우주에는 생소가 무한히 존재하는 고로 응시하면 인지된다. 만약 우주에 이와 같은 생소가 존재하지 않는다고 한다면 제아무리 응시하고 집중해도 생소는 보이지 않는다. 지금 세상에 유행하고 있는 명상 참선 수행법으로는 생소가 인지되지 않는다.

그에 대한 원인은 생소를 망각하고 수행을 하기 때문이다.

나의 개성생명을 인지하고 인식된 개성을 성숙시켜야 되겠다는 확고한 신념과 집착의 끈을 잡고 매달여야 성숙되는 것이다.

집착과 집념은 같은 내용의 다른 표현일 뿐이다. 흔히들 집착을 버려라, 집착하지 마라 하는데 집착이라고 하는 것도 보이는 집착과 보이지 않는 집착, 좋은 집착과 나쁜 집착이 있는 것이다. 신기술 개발은 집념과 집착으로 끊임없는 노력의 결과물인 것이다. 수행에도 이와 같은 집착과 집념으로 수행을 해야 된다.

팔정도에서 바른 정진이란 악한 생각이 일어나지 않도록 분투노력하는 것이다. 일어난 악한 생각을 떨쳐버리기 위해 분투노력해라. 선한 생각이 일어나도록 분투노력해라. 일어난 선한 생각을 더욱 성장시키기 위해 분투노력하라고 가르치셨다.

세상에서 가르치는 명상 참선은 무념무상으로 집착 없는 무아의 경지를 이루라고 하는데 이 같은 수행법으로는 생명의 성장을 기대할 수 없다고 하는 것이 필자의 견해이다.

좋은 세상을 만들기 위한 수행

인간의 삶에서 호흡을 박탈한다면 세상에는 살아남을 사람은 단 한 명도 없을 것이다.

육신의 지탱을 위한 호와 흡은 인간의 의지와 관계없어 호흡이 이루어지도록 호흡능력이 입력되어 있다. 이와 같이 입력된 호흡상태로는 사람의 주체인 개성생명의 성장이 되지 않는다. 개성생명의 성장을 위해서의 수행법은 우리가 지금까지 사용해온 호흡 또는 지금까지 기도와 명상 참선수행에서의 호흡에 대한 인식을 한 차원 업그레이드해서 수행해야 된다. 단전호흡, 요가호흡 등 여러 가지의 호흡에 대한 수행법은 몇 초를 들여 마시고 몇 초를 멈추고 몇 초를 토하라는 식으로 가르치고 명상 참선에서는 호흡이 없는 상태 무호흡의 경지를 이루라고 하는데 이와 같은 호흡에 대한 인식은 사람의 신체 구조를 자세히 관찰하지 않고 가르치는 것이다. 필자의 견해로는 사람의 신체구조가 호(呼)와 흡(吸)의 작용에서 흡은 의식하지 않아도 자연 흡이 될 수 있는 구조로 구성되었기 때문에 들숨은 신경 쓸 것이 없고 날숨에만 의식을 집중해서 날숨만을 행하게 되면 들숨은 저절로 이루어진다. 날숨에 집중하게 되면 또 하나의 백동과 같은 진동이 창출된다. 이와 같은 수행을 하게 되면 육신의 지탱을 위한 호흡이 개성생명의 성장을 돕는 또 다른 호흡의 모습이 진동과 파장으로 연출된다. 여기서 중요하고 핵심적인 수행은 나의 의식을 의식의 본원인 대의식에 연결해야 이루어진다.

우리가 자연으로 연출되는 호흡도 결국은 우주에 팽창해 있는 공기, 즉 대공기요, 우주적 공기와 연결행위의 반복인 것이다. 따라서 개성생명의 성장을 위한 호흡의 작용도 우주에 가득차고 넘쳐흐르는 대생명의 근원에 나의 개성생명을 연결시키기 위한 수행을 해야 된다. 좋은 상상과 상념으로 날숨을 집중하면 지혜의 파장이 마치 잔잔한 호수에 조약돌을 던지면 수면이 원을 이루어 퍼지며 커가는 것과 같은 파장이 나를 중심으로 둘레를 이루어 퍼져나가며 대우주의 지혜의 원천에서 지혜의 진동이 자동으로 흡수된다.

호각방출(呼覺放出)
흡지우주(吸智宇宙)

이와 같은 수행은 지극 정성으로 집중하면 누구나 쉽게 깨칠 수 있는 수행이다.

영가(靈嘉) **상락**(常樂) **법성**(法性) **신열**(神悅)

항상 기쁘고 늘 즐거울 수 있는 삶을 위해 끊임없는 연구와 지속적 노력으로 인류역사는 작금에 이르렀으며 앞으로도 이와 같은 역사는 지속될 것이다. 모든 생명체의 궁극의 바람인 소망은 기쁨과 즐거움인 것이다. 오늘 아무리 힘들고 고단한 삶일지라도 내일은 보다 나은 기쁨의 날이 찾아오리라 기대하면서 사는 것이 그것이 모든 생명체의 삶인 것이다. 생명의 근원인 대생명은 기쁨과 즐거움의 본성(本性)이기 때문에 대생명에서 분생명된 개성생명체도 삶의 최고의 소망은 기쁨과 즐거움인 것이다. 전지전능하신 생명의 근원이고 대생명의 본체이신 한울림이라도 기쁨과 즐거움을 울릴 수 있는 울림의 틀이요, 울림을 반영하고 투영할 수 있는 스크린과 같은 영체(靈體)와 울림을 확대할 수 있는 확성기와 같은 영체가 없으면 울림은 기쁨으로 응출하지 못하고 공허한 메아리로 사라질 것이다. <u>나타나 보이는 대우주와 자연과 우주에 존재하는 모든 생명체는 기쁨의 본원에서 방출되는 기쁨과 즐거움을 울리기 위한 사명으로 우주와 자연과 생명체는 나타난 것이다. 세상에서 아무리 미미한 생명체일지라도 그들 생명체에서 나름대로의 능력으로 기쁨과 즐거움을 울릴 수 있는 사명이 천부적으로 부여된 것이라 해서 살아 있는 생명체는 크든 적든 삶 그 자체로 고귀한 것이다.</u> 생명체의 최고로 발전하고 진화된 인간의 현재 신체(身體)구조로 만들어진 세월이 3만 년이 세월이 경과되었으며 더 이상의 변화는 없는 것 같다고 한다.

자칭 만물의 영장이라고 자부하는 인류는 이제 육체의 발전과 육체의 진화를 기대할 것이 아니라 생명의 근원을 알고 생명을 더욱 성숙시키기 위한 공부와 노력과 수행, 연구를 힘써야 될 것이다. 육신은 생명의 힘과 생명의 기쁨과 생명의 소리와 생명의 능력을 나타내 표현하기 위한 사명으로 나타난 것이니 더 이상 물질에 집착해서 물질을 통한 물질로 구성된 육신의 기쁨을 위한 집착은 놓아버리고 생명의 성장과 생명의 기쁨을 응출하고 나타내기 위해서 분투노력해야 할 것이다.

지고지선(至高至善) 지미지묘(至美至妙)

　지극히 아름다움에는 기쁨이 동반되어야 된다. 외적으로 나타나 보이는 아름다움은 내면의 잠재되어 있는 아름다움의 반영인 것이다. 내면에 잠재되어 있는 아름다움은 희락의 투영인 것이다. 내면의 아름다움에서 투영되지 아니하고 내면의 아름다움에 연결이 되지 아니하고 그저 아름다워지기 위해서 꾸며놓고 치장하고 포장해서 내놓은 아름다움은 오래가지 못하고 아름다움으로 가장한 것이니 사라지는 것이다. 근원이 없는 웅덩이의 고인 물은 쉬이 말라버리는 것과 같이 근원에 연결되지 않는 아름다움도 오래가지 못한다. 나타난 외적인 아름다움만 보고 최고의 아름다움이라고 할 수 없고 내면의 아름다움을 볼 수 있을 때 진정한 미와 선과 진이라고 할 수 있다. 세상에 나타난 모든 생명체는 나름대로의 개성을 가지고 열심히 살아가면서 저마다의 특유의 아름다움을 나타내는 것이다. 아무리 미미한 생명체라고 해도 부분적이 아니고 전체적인 관점에서 바라보게 되면 아름답지 않은 것이 없다. 이와 같이 전체적인 관점으로 모든 사물과 삶으로 연결되는 일상의 모든 면에서 부분적인 것만 보고 평가하지 말고 전체적인 관점으로 보고 생각해서 평가해야 될 것이다. 전체적인 관점으로 일상을 바라볼 수 있는 나의 인식능력을 성장시켜야 된다. 나의 인식능력을 성장시키기 위한 행위가 공부이고 기도이며 수행인 것이다. 공부와 기도와 수행도 근원을 망각하고 근원을 알지 못하고 수행하는 기도와 명상은 부분적일 수밖에 없다. 우주에는 수행과 기도와 공부로 이룰 수 있는 기본적인 원소가 차고 넘쳐 있지만 나의 공부와 수행과 기도의 끈을 연결시키지 않으면 우주에 차고 넘치는 공부의 근원적 원소는 나에게 도달하지 않는다. 상류에 무한한 수자원이 있어도 호수를 수원에 연결하지 않으면 물을 쓸 수 없는 것과 같다.

일본 대지진에 대한 필자의 견해(2011년 3월 15일)

요즘 일본 대지진으로 언론에 보도되는 논란의 핵심에 대하여 필자의 견해를 말해보고자 하는 바이다.

첫째, 일본의 대지진이 하나님이 벌을 내린 것이라고, 하나님의 노여움으로 하나님께서 내리신 천벌이라고, 한국의 유명한 원로 목사님이 설교한 내용에 필자는 동의할 수 없다.

내가 아는 하나님, 내가 본 하나님은 높은 곳에 앉아 계시면서 세상을 내려다보시고 선한 자에게는 상을 주고 악한 자에게 벌을 주는 그런 하나님이 아니시다.

만약 하나님이 상벌을 내리시는 분이시라면 특히 상보다 벌을 내리신다면 이 세상에서 악의 축이라고 일컬어지는 존재를 하나님은 거저 바라보고 계시면서 벌을 내리시지 않는 까닭은 어떻게 설명할 수 있을까. 이 세상에서 헤아릴 수 없이 벌어지고 일어나는 악행을 하나님께서는 다 보고 계실 터인데 그 많은 죄인을 일일이 다 벌을 내리시려면 전지전능하신 하나님이시라도 벌을 내리시다 지쳐서 몸살을 앓으실 지경일 것이고 악의 반대인 선에 대한 보상을 하시자면 얼마나 바쁘실까. 내가 본 하나님은 그러한 상벌을 내리지 않으시고 선악을 넘어선 초월의 경지에 우주 만물을 응시하고 계신다. 한 나라에서 발생한 지진을 하나님의 행위라고 단언하는 것은 일생을 하나님을 믿고 하나님을 공경해온 그 원로 목사님의 살아온 삶이 하나님에 대한 심성과 성품에 대해서 너무도 무지하고(알지 못하고) 무식하다는 것을 보여주며 선한 하나님을 벌이나 내리시는 악한 하나님으로 만드는 잘못을 했음을 회개하고 반성해야 할 것이다. 인간사회에서도 살생이란 어떠한 경우라도 관용이 허락되지 않거늘 하물며 생명의 근원이시고 생명의 주인이신 하나님께서 대지진을 일으켜 수많은 생명을 살생하는 그러한 하나님이 아니시더라.

지진에 대하여

인류를 비롯해서 모든 생명체가 지구에 출현해서 살아온 유구한 세월과 지나온 역사에 의하면 지구에서 수많은 지진이 발생했으며 헤아릴 수 없는 많은 지진이 일어난다고 하는데 지진이 발생하는 것은 하나님이 내리시는 벌로서 일어나는 것이 아니고 지구 스스로 자생을 위한 자생능력으로 지진을 폭발시키고 화산을 분출하는 것이다. 우주에서 자전하고 동화하는 존재는 지구를 포함한 모든 존재들 인간이 언어로 표현할 수 있는 모든 존재는 생명이 깃들어 존재하고 있다. 지구가 자전하고 있는 것은 외형으로 나타나 보이는 외적인 지구가 스스로 자전하는 것이 아니고 지구 안에 깃들어 존재하는 내적인 지구의 힘에(생명) 의해서 지구는 자전하는 것이다. 지구가 살아온 유구한 세월동안 그토록 많은 지진이 발생하고 화산이 폭발하지 않았다면 지구라는 생명체는 그토록 오랜 세월을 살아서 움직이지 못했을 것이며 앞으로도 지구는 유구한 세월을 살아 움직이기 위해서는 수많은 지진을 폭발시킬 것이다. 왜냐 지구가 자생적 자전능력을 위해서 부분적으로 화산을 분출하고 지진을 발생시키지 않으면 지구는 일시에 순간적으로 대폭발해서 지구는 소멸되고 존재하지 못할 것이다. 왜일까. 지구가 스스로 존재하기 위한 지구자체의 생명활동으로 발생하는 지구 안의 응축되는 에너지인 가스를 지구 밖으로 분출시키지 못한다면 지구 내의 에너지는 포화상태가 되어 지구는 대폭발되고 소멸되었을 것이다.

다행히 지구는 지혜롭게 스스로 알아서 지구가 가지고 있는 분출해야 할 에너지를 지구가 자생하는 데 필요한 에너지 외의 잉여에너지를 화산과 지진을 부분적으로 분출시키는 것이다. 인류가 과학을 발전시키고 문명이 발달했다고 하더라도 인간의 과학의 힘으로는 지구가 행하는 일에 관해서는 지극히 미미한 것이다. 오직 지구가 살아 움직이는 것은 지구의 지혜와 능력인 것이지 인간의 얄팍한 생각이나 과학의 힘으로는 어찌 할 수 없는 것이다.

해서 지진이 발생한 것을 하나님이 내린 벌이라고 하는 것은 하나님에게 인간이 무고죄를 범하는 것이다.

지진과 화산폭발은 세계 어느 나라 어느 땅에도 일어날 수 있는 지구의 자생능력을 인간이 왈가왈부할 성질의 것이 아니다. 인간은 지구가 하는 일에 대해 겸허하게 받아들이고 인간의 의지와 노력과 정성으로 복구하면서 지구에 대해 감사하며 하나님에게 감사하면서 살아야 될 것이다. 그리고 지진을 당한 나라와 지진으로 피해를 당한 국민 그리고 우리 모두는 빠른 복구와 치유를 위해서 최선을 다해야 할 것이며, 목숨을 잃은 수많은 분들의 명복을 빈다. 그리고 역경 속에서도 살아 돌아온 분들과 우리 모두는 지진에 대해서 지구에게 감사하며 살아가야 되겠다. 혹자는 지진을 일으킨 지구가 무슨 자비냐고 할지 모르나 지구는 스스로 지진을 발생할 수밖에 없다는 지구의 마음을 이해하고 지구에 대해 감사하자는 것이다.

33
박이문의 저서에 나오는 **둥지철학**

생명체는 일 년이라도 더, 한 달이라도 더, 하루라도 더, 한 시간이라도 더 살려고 한다. 그렇지만 생명에 대한 이러한 집착은 생각할수록 어리석다. 아무리 살아도 의미가 없으며 죽어도 그 의미가 없는데 우리는 살고자 허덕이고 기를 쓰고 있다.

생명체가, 다시 말해서 인간이 세상에 태어나는 과정은 수억 년의 세월을 기다리고 수억 대의 경쟁에서 살아남은 자가 세상에 태어났다고 한다. 나의 육신을 낳아주신 부모로는 육신을 나아주신 부모이며 육신의 부모이신 아버지 어머니가 생명을 부여해서 나를 만드신 것이 아니고 생명의 부모는 나의 육신의 부모를 포함해서 선조에서 선조까지 아무리 거슬러 올라가도 결국 육신의 선조 역시 생명은 생명의 부모로부터 부여받았다는 사실이다.

그런데 육신의 부모는 자식을 기획하고 디자인해서 만든 것이 아니고 기쁨을 위한 전주곡으로서 사랑이라는 오케스트라를 연주하는 과정에서 저절로 만들어졌다. 그러나 생명의 부모인 대생명 희락부모 한울림께서는 개성생명을 분생명시키실 때 기획하시고 디

자인해서 출생시켰다. 왜 그랬을까. 기획하고 디자인하신 것은 개
성생명체에게 가장 어울리고 지극히 합당한 분수와 품격에 맞는
그러한 개성생명체로 만드셨다. 이와 같은 분수와 품격을 인생여정
의 과정을 삶이라는 여행을 통해서 깨달으라는 명제를 주셨다. 그
러나 우리는 인생여정의 삶에서 나의 분수와 품격을 깨닫지 못한
것은 물론이요, 그와 같은 명제가 생명의 부모로부터 부여받았다
는 사실을 모르고 살았지만 개성생명의 내면의 깊고 깊은 내면에
는 그와 같은 명제를 풀고 깨달아야 되겠다는 인자가 (DNA)였는
고로 생명체는 한 순간이라도 더 살고자 하는 것이다.

그와 같은 명제를 풀고 가야만 이 세상에 출생되어 살다가 또
다른 여정으로 가는 생명체는 기쁘고 즐겁게 귀소 본능인 온 곳
으로 돌아가기 때문이다.

삶은 무의미한 것이 아니고 참으로 의미가 심장하고 고귀한 것
이 삶이며 죽음 또한 무의미한 것이 아니고 의미 있게 잘 죽어야
된다는 것이다. 사람이 잠을 잔다고 하는 것은 죽음을 예행연습
하는 과정이다. 일생을 살다가 단한 번 맞이하는 죽음을 위해 매
일 잠이라고 하는 죽음의 예행연습을 하도록 기획 디자인하신 것
은 죽음 또한 삶에 못지않은 의미와 가치가 있기 때문이다. 하루
를 열심히 잘 살았을 때 편안한 잠자리가 보상으로 주어지는 것처
럼 일생을 열심히 잘 살았을 때 편안한 죽음이 보장되는 것이다.

진리란 무엇인가

진리는 영혼의 성장을 위한 영혼의 진수성찬이다.

사람이 지속적인 삶을 위해서 다시 말하자면 삶이라는 바퀴가 살아서 굴러가기 위해서는 삶의 바퀴를 굴러가도록 밀어주는 동력이 있어야 삶은 굴러갈 것이다. 삶이라는 수레바퀴에 추진적 동력이 없으면 바퀴는 구를 수 없다. 삶의 수레바퀴를 굴릴 수 있는 동력의 근원이 힘이며 에너지다. 삶의 수레바퀴는 나타나 보이는 육체와 보이지 아니하는 영혼으로서 두 개의 바퀴로 굴러가는 것이다.

보이는 육체의 수레바퀴를 굴러가도록 도와주는 힘의 근본재료는 우주에서 생산되는 것이며, 생명체는 생명체를 유지하고 성장시키고 발전해 나가기 위한 필요적 요구가 있으니 그것은 다름 아닌 먹는다고 하는 사실이다. 쉽게 말하자면 삶을 위해서는 먹어야 한다는 사실이다. 이것은 만고불변의 진리인 것이다. 삶의 수레바퀴가 내외 양면으로 이루어졌으니 먹는다는 것도 한 가지가 아닌 두 가지를 먹어야 할 것이다. 그래서 물질로 구성된 육체는 물질로 만들어진 음식(요리를) 먹어야 육신의 성장 발전을 촉진하는 동력인 에너지가 만들어지고 영혼은 물질을 넘어선 진리를 먹어야만 영혼의 성장과 영혼이 성숙될 것이다. 육신의 성장을 돕기 위한 에너지를 얻기 위해서 만들어진 것이 요리인 음식인데 요리인 음식의 문화는 인류의 역사와 더불어 시대와 문명에 따라서 놀라울 정도로 발전하고 다양해 졌다. 요리와 음식문화가 지속적으로 개발되고 발전했으며 앞으로도 계속 발전될 것이지만 한가지 공통점은 각자 개인의 먹는 방법에 있어서는 먹는 행위 그 자체는 인류가 동일하다고 하는 사실이다. 이 말은 흡수, 소화, 배설은 동일한 과정으로 이루어진다는 것이다. 육신의 성장 발전을 위한 요리와 음식을 개발하고 발전시켜 나온 요리사 요리연구가 요리전문가 세계최고의 요리사들이 음식문화를 화려하게 발전시켜 놓았고 앞으로도 계속해서 개발하고 발전할 것이다.

이와 같이 특별한 음식문화의 개발을 위해 활동하는 사람이 있는 반면에 보편적 대다수는 예부터 전해 내려오는 간단한 취사방법을 사용해서 살아가는 것이다. 이같은 사실은 같은 음식재료를 가지고도 좀 더 보다 나은 음식을 만들어내는 솜씨와 그렇지 않은 사람들과 어우러져 살아가는 것이다. 전자는 음식의 진리를 발전시켜 살아가려는 것이며 후자는 음식의 진리를 발전하기보다는 그냥 현상 유지형 이라고나 할까. 이와 같은 음식문화는 육신을 지탱하고 육신의 건강을 돕고 육신이 지속적 발전과 성숙한 모습으로 건강한 삶을 살아가도록 돕는 것이다. 이와 같은 사실은 삶이라는 인생의 여정을 돕는 두 수레바퀴에서 외적인 수레바퀴요, 육체인 몸을 유지하고 발전하고 성숙시키기 위한 진리인 것이다.

사람에서 생명이 없으면 시체인 것이지 더 이상 사람이라고 할 수 없다. 우주 만물 만상의 생명체는 내외 양면으로 구성되었다. 그래서 생명체를 굴러가게 하는 두 개의 바퀴를 활기차고 건강하게 굴러가도록 돕는 것이 진리요, 진리 또한 내외 양면으로 만들어져 있고 만들어진 두 개의 진리를 함께 사용해야 할 것이다.

쉽게 말하자면 음식을 먹는다는 것은 육신을 위해 사용하는 것이면 진리를 공부하고 불경을 독송하고 찬송을 부르고 만트라를 암송하는 것은 영혼의 수레바퀴를 잘 굴러가도록 돕기위해 진리를 사용하는 것이다. (性命雙修)

영혼 성장을 돕는 영혼의 음식인 진리사용.

사람에서 생명이 빠지면 시체인 것이지 더 이상 사람이라고 볼수 없다. 그렇다면 사람은 곧 생명이다. 생명체다. 그런데 사람과 사람, 인간과 인간, 인류간 인류이므로 개체는 생명체가 깃들어 있으나 그 개성생명체는 각자 고유한 성격을 지니고 있다. 이 세상에서 똑같은 사람은 없다. 사람마다 지니고 있는 고유한 생명이 성숙하고 계속 성장하고 발전해야 할 것이다. 육신은 세월이라는 파도를 타고 나이라는 연륜을 쌓아가면서 변해 가고 있다는 사실이다. 그러면 개성생명도 그와 같이 변해 가면서 성숙되고 발전해야 된다는 것이 이치이고 진리일 것이다.

영혼의 음식. 생명을 성장시키기 위한 요리라고 할 수 있는 진리를 사용하는 방법도 새롭게 발전하고 변화되고 한 차원 업그레이드 성숙되어야 되지 않을까.

육신을 위한 음식문화는 세월 따라 음식문화는 무한 변신을 하고 눈부신 발전을 했다는 사실에 배해서 영혼의 성장을 돕는 영혼의 양식인 진리라고 하는 음식은 세월 따라 문화 따라 그에 걸맞는 성장과 발전을 하지 않았다. 음식(飮食)-육신(肉身)의 성장요

소, 음식(音息)-영혼의 성장요소, 영혼의 음식(音息) 필수요소-생소
(生素).

스티븐 호킹 박사, 사후 세계는 없다(중앙일보 2011. 5. 17)
호킹 박사는 천국이나 사후의 세계가 우리를 기다리고 있다는 믿음은 죽음을
두려워하는 사람들을 위한 동화일 뿐이라고 했다.

우주는 보이는 세계와 보이지 아니하는 세계로 구성되어 있다
고 하는 사실이다. 이와 같은 사실을 사람에 대한 설명으로 말하
자면 사람은 육체와 생명으로 구성되었다. 사람에게서 생명이 빠
지면 시체인 것이지 더 이상 사람이라고 볼 수 없는 것이다. 이와
같은 이치로서 논하자면 보이는 세상 육신이 살아가는 세상과 보
이지 아니하는 세상 생명의 세계가 곧 사후의 세계일 것이다. 사
호의 세계가 없다고 하는 것은 나에게 생명은 없다고 하는 것과
다를 것이 없다. 사람은 의식이 깨어 있는 생활과 의식이 휴식을
위한 활동을 하지 않는 시간인 잠을 자는 시간이 있다는 것이다.
이와 같은 사실을 진리적으로 보자면 깨어서 활동을 하는 시간
동안은 활동사항을 드려다 볼 수 있지만 활동을 멈추고 휴식을
하는 잠을 자고 있는 내용을 볼 수 없고 알 수 없으나 우리는 그
알 수 없는 잠을 자야한다는 것이다.

의식이 휴식을 취하고 있는 공간적 세계를 이해하기 위해서는
의식을 볼 수 있는 생명의 눈을 떠야 생명의 세계가 보일 것이며,
생명의 눈을 뜨면 사후의 세계는 없다고 감히 단정해서 말할 수

없을 것이다.

호킹 박사는, 뇌는 부속품이 고장 나면 작동을 멈춘 컴퓨터라고 장 난 컴퓨터를 위해 마련된 천국이나 사후의 세계는 없다고 하는데, 필자의 견해로는 컴퓨터에서 전원을 차단하면 고장이 나지 아니한 컴퓨터도 작동을 멈춘다. 컴퓨터가 제아무리 성능이 뛰어나고 우수해도 전원의 세계에서 전원을 공급하지 않으면 컴퓨터는 죽어 있는 시체요, 고물덩어리에 불과하다. 노벨상을 타고 박사학위를 소유하고 수많은 자격증을 소유하고 있는 사람이라고 해도 생명이 공급되지 않으면 사람이 아니고 시체인 것을 단언하건데 사후의 세계란 생명의 세계 생명의 본원이요, 생명의 근본세계인 것이다. 그 생명의 세계는 육신의 눈이 아닌 생명의 눈으로만 볼 수 있고 보이는 세계가 사후의 세계일 것이다

34
삶이란 무엇인가

삶이라고 하는 것은 생명의 부모 한울림이 상상하시고 구상하신 극본 시나리오를 자연이라는 감독이 연출하고 우주라는 거대한 우주극장의 지구라는 무대에서 인간이라는 배우가 자연 감독이 연출하는 각자의 맡은 배역을 수행하기 위해서 열심히 살아가는 것이다.

따라서 지구 무대에서 인류에게 부여된 삶이라는 극본은 동일한 것은 하나도 없고 전 인류에게 부여된 배역은 저마다 다르고 같은 배역을 하나도 없다는 사실이며 그러므로 전 인류의 배역을 놓고 보자면 지구 무대에서 수행해야 하는 삶이라고 하는 배역은 각자 개개인의 삶은 지구 무대에서 오직 하나밖에 없는 삶이라고 하는 배역인 것이다. 이와 같은 이치로 바라보면 내가 살아가는 나의 삶은 이 지구에서 오직 나 하나밖에 없는 소중한 삶인 것이라 해서 나의 삶은 참으로 귀하고 소중한 것임을 나 스스로 깨닫고 삶이 제아무리 힘들고 어렵더라도 나의 삶은 대우주 극장 안에서 오직 나 하나밖에 없는 삶의 역할이라는 것을 깨닫고 열심히 삶을 살아가야 하는 것이다. 그래야 우주극장 지구무대에서 최고의 삶이라는 스타배우가 될 것이다.

35
삶의 종류

사람이 태어나는 출생과정은 동일한 선상에서 동일한 조건에서 태어나 삶이라는 라인의 출발선을 떠나는 것은 동일하지만 일단 출발선을 스타트하게 되면 그때부터 각자의 삶은 서로 다르게 삶의 장이 펼쳐지는 것이다. 좋은 인연으로 좋은 환경을 만나서 좋은 삶을 살아가는 사람과 그 반대인 삶으로 다르게 살아가게 되는 것이다. 좋은 조건 좋은 환경에서 자라고 살아가면서 더 좋은 삶으로 발전하고 성장하는 삶이 있으며 좋은 조건 좋은 환경에서 나고 출발했지만 더 좋은 삶으로 성장하지 못하고 더 나빠지는 삶으로 가는 삶도 있는 것이다. 그러나 행복하고 불행한 삶이라고 해도 살아간다는 사실 그 하나만으로도 우리는 크나큰 축복을 받았다는 사실을 깨쳐야 한다. 삶에는 삶의 질을 더욱 새롭게 발전해 가는 삶과 삶의 질을 개선하기보다는 그저 주어진 환경에서 적극적인 삶보다는 피동적인 적당한 삶을 구사하는 삶도 있는 것이다.

36
삶의 가치

 희락부모 한울림이 상상하신 극본을 자연 감독님이 연출한 우주극장 지구무대에서 인류라는 배우, 즉 우리들에게 주어진 인생 개개인의 삶의 가치를 어디에 두고 삶의 목표를 어디에 두고 삶의 꿈을 어디에 두고 꿈과 목표를 이루기 위한 소망을 바라면서 인생의 배우이자 연극인의 삶을 살아가는가를 말하자면 두 가지의 삶으로 그 가치를 추구하며 살아가고 있는 것이다.

 첫 번째. 보이는 세계, 지식적인 세계, 결과적인 세계, 즉 나의 육신과 물질적 금전과 지식적 명예를 제일의 가치로서 이루고자 하는 소망을 가지고 삶이라는 배역을 열심히 살아가고 있는 모습이 현재 우리들의 삶의 모양새인 것이다.

 두 번째. 보이지 아니하고 드러나지 않은 내면의 세계 원인의 세계일 것이다. 보이는 세계와 보이지 아니하는 세계에서 우리는 우선 보이는 외적인 것에다가 삶의 가치를 삶의 무게를 삶의 중심을 두고 살아가고 있지만 삶에서 중요한 것은 보이는 외적인 세계 물질적인 것보다는 보이지 아니하는 내면의 세계 원인의 세계 근본의 세계가 우리들의 삶에서의 무게와 가치는 더 중요하다는 것이다. 사람에서 생명이 빠지면 시체이지 더 이상 사람이 아니다. 라는 이치로 말하자면 외적이며 보이는 육신보다는 보이지 아니하는 생명이 더 귀하고 소중한 것이다. 제아무리 부귀와 권세와 명예를 가진 자라도 생명이 빠지면 그냥 시체이지 더 이상 유명인은 아니다. 우리들의 삶의 가치는 두 번째인 보이지 아니하는 내면의 세계 상상의 세계를 더 동경하고 꿈과 희망을 가지고 소망하면서 살아가는 것이 삶에서 최고의 보람이면서 최고의 가치일 것이다.

37
죽음이란 무엇인가

회자정리(會者定離) 생필시사(生必始死)

탄생은 인생의 입학이고 죽음은 인생의 졸업이다. 우주(宇宙) 만물(萬物) 만상(萬象) 만사(萬事)는 내외(內外) 양면으로 구성되었으니 이와 같은 이치로 보자면 죽음 또한 양면으로 바라보아야 되지 않을까. 우주 만물 만상 만사는 영원성과 유한성으로 구성되었으며 외적이며 보이는 물질의 세계는 영원성이 없는 유한성으로 구성되었다. 물질적 요소는 그것이 무엇이건 소멸되게 되어 있다. 죽음도 육신의 소멸되는 것을 의미하는 것이며 이와 같은 사실은 우주 자연 질서요, 자연법칙으로서 확정되어 있는 것이다. 여기에서는 평온한 죽음과 괴로운 죽음, 기쁨과 즐거움으로 새로운 출발을 향해 떠나는 죽음에 대해 살펴본다.

평온한 죽음

평온한 죽음이란 모든 것을 잊고 가는 것이다. 근심, 걱정, 모든 고뇌를 방출하고 떨쳐버리고 조용히 평온 속으로 스며드는 것이다.

괴로운 죽음

괴로움의 근원을 모르고 괴로움이 어디서 오는지의 과정을 전혀 눈치 채지 못하고 오직 나타나는 고통과 괴로움을 떨쳐버리고 괴로움과 고통을 회피하고자 하는 집착을 하면서 괴로움과 고통과 투쟁 속의 죽음이다.

기쁨과 즐거움으로

출발하는 여행. 지구 무대에서 인생배우로서 삶을 살아가면서 이루고 누리며 즐기고자 소망한 것이 기쁨이다. 이것은 인류가 알든 모르든, 깨치든 깨치지 못하든, 자각하든 망각하든 이미 부여된 과제이며 행해야 할 배역인 것이다. 이 같은 사실은 우주 근원이신 희락의 원천에서 디엔에이에 각인 새겨놓은 진리인 것이다.

이와 같은 이치를 깨치고 즐겁게 삶의 역할을 수행하다가 때가 되면 가벼운 마음, 즐거운 마음, 기쁜 마음으로 새로운 배역을 받아들이기 위해서 떠나는 것이다.

38
수행이란 무엇인가

  더 나은 삶으로 성장하기 위한 행위가 수행이다. 이와 같은 삶의 수행을 위해서 필요적 요구가 있으니 그것은 다름 아닌 에너지요, 기운이며 힘인 것이다. 이 같은 동력이 없으면 수행을 할 수가 없다고 하는 사실이다. 우주 만물 만상 만사는 양면으로 구성되어 있으니 수행을 위해 필요한 동력, 에너지, 힘, 기운도 양면으로 되어 있을 것이다. 그중 외적인 에너지이자 인식되는 에너지, 누구나 알 수 있는 에너지인 것이 있으니 첫 번째의 에너지가 육신을 지탱하고 육신이 삶을 영위하기 위해서 필요로 하는 동력의 원인이 있어야 할 것이니 그것이 바로 우리가 매일 먹고 마시는 음식인 것이다. 그러면 음식도 또한 양면으로 준비되어 있다는 사실을 잊어서는 안 된다. 외적이며 나타나 보이는 육신을 위해 제공되는 물질로 만들어진 진지이며 요리인 음식을 흡수하면서 육신의 인생수행에 필요로 하는 동력을 얻는다는 것이다.

  나에게서 생명이 빠지면 시체인 것이지 나의 육신이 아니다. 그렇다면 참나란 나의 육신 속에 내재되어 있는 생명이 곧 나인 것이다. 나의 개성생명을 우리는 영혼 또는 자아 마음 등등 여러 가지의 명칭으로 호칭되고 있으나 나의 개성은 이 우주에서 오직 하나의 독특한 개성이 있는 것이다. 나의 개성생명체도 성장해야 되는 것이 우주운행의 법칙으로 볼 때 당연한 이치인 것이다. 그러면 나의 개성생명의 성장, 발전, 유지를 위해서 필요한 것이 힘과 에너지이며, 그 에너지와 힘을 솟아나게 하는 원소가 영혼의 음식이고 마음의 양식이며 개성생명의 요리인 것이다.

육신의 성장과 유지발전을 위한 음식은 육신의 눈으로 인식되고 보이는 반면 영혼의 음식은 육신의 눈으로 보이지 않으며 오직 지혜의 눈으로 보이고 인식되는 것이다. 외적으로 보이는 육신의 음식은 물질로 구성된 것이기에 지식적 생각의 눈에 보이는 것이며 영혼의 음식은 보이지 아니하나 존재하고 있으나 보이지 않는 것, 이것이 곧 진리이며 지혜 인 것이다.

그러면 보이지 아니 하고 영혼의 음식이자 마음의 양식은 무엇이냐 하면 그것은 곧 진리인 말씀인 것이다.

39
영혼의 음식을 만드는 요리사

　육신의 음식문화는 세월과 더불어 눈부신 발전을 해왔고 인류의 건강을 증진시킨 혁혁한 공헌을 한 분들이 요리연구가 또는 유명 요리사들인 것은 더 이상 설명이 필요 없다. 반면에 영혼의 요리사는 영혼의 성장을 돕고 발전시키는 데 큰 성과를 내지 못했다.

　금강산도 식후경이라고 하지 않던가. 내 배가 불러야 웃음이 나오는 것이지, 배가 고프면 웃음이 나오지 않는다. 삶에서 배부르고 등 따뜻한 것이 우선순위인 것이다. 나의 삶에서 육신이 배가 불러야 삶의 의욕과 의지가 생겨나는 것과 같이 개성인 나의 영혼도 영혼의 음식인 진리를 접하고 기쁨과 즐거움이 솟아나면 영혼은 성장하고 개성이 개발되며 성숙되고 발전할 것이다.

40
영혼의 음식(飮食)

영혼의 음식을 만드는 분들이 모든 종교계의 지도자와 수많은 목사 전도사 수도승들이다. 이 분들이 사용하는 영혼(靈魂)의 음식(飮息) 재료는 말씀이다. 즉 말을 사용해서(언용; 言用) 진리를 설파하고 설교를 하는 것이다. 육신(肉身)의 음식(飮食)을 섭취하면 배가 부르고 배가 부르면 즐거운 것과 같이 마음의 양식인 말씀과 영혼의 음식인 진리를 배우고 들으면 마음이 즐겁고 영혼이 기뻐야 할 터인데 반대로 기쁨보다는 두려움과 죄의식과 부족감을 느끼게 되는 것은 왜일까.

이는 영혼의 음식 요리사들이 말을 사용해서 설파하는 요리인 진리의 재료가 기쁨과 즐거움을 더 할 수 있는 원소가 부족하기 때문이다.

육신의 음식문화를 선도한 요리연구가들이 출판한 요리책은 글을 읽을 수 있는 사람이면 누구나 보고 그대로 음식을 만들어 먹으면 배가 부르고 배가 부르면 기쁨이 저절로 솟아난다. 헌데 영혼의 요리사들이 출판한 진리라고 하는 책과 설교라고 하는 말씀을 듣고 그대로 수행하기도 어렵지만 그대로 수행한다고 해도 영혼의 배가 부르면서 기쁨이 저절로 솟아나지 않는 것은 왜일까.

우리 몸이 삶을 유지하고 성장해 가자면 음식을 먹어야 되는 것은 말할 것도 없는 사실이다. 그러나 물질적 음식을 먹는 것만으로 삶이 유지되는 것이 아니고 공기의 흡입과 배출이 수반되어야 삶은 유지되는 것이다. 영혼의 음식이요, 생명의 진수성찬인 진리도 외적인 진리와 내적인 말씀으로서 내외(內外) 두 가지의 차원으로 존재한다는 것이다.

41
진수성찬(珍羞盛饌)

　나의 개성생명을 닦아 성장하도록 돕는 영혼의 음식(飮食), 말씀
과 진리와 경전이 외적으로 나타난 영혼의(音息) 음식 소리(素理)의
식별인 것이다. 생명(生命)의 진수성찬과 영혼을 넘어 진리와 말씀
과 경전이 나타나기 이전의 원소(原素)와 원음(原音)의 근원에 도달
하고 인식하고 느끼고 깨쳐야 영혼의 음식과 생명의 진수성찬을
즐길 수 있는 것이다. 우리 몸이 물질적 음식과 내면적인 공기를
호흡함으로써 삶이 유지되고 성장한다면 우리가 쉽게 접하는 공
기가 없으면 삶을 살아갈 수 없는 것은 더 이상 설명이 필요 없는
사실이다. 공기는 산소와 수소와 생소로 구성되어 있으면 산소와
수소가 육신의 삶에서 그 어느 것보다 중요한 요소이며 공기 중
에 산소와 수소 없이는 공기 자체가 성립되지 않는다는 것이다.
　지금 우리가 사용하고 알고 있는 공기 중에는 생소라고 하는 귀
중한 요소가 존재한다.

생소(生素)

생명(生命)의 힘과
창조(創造)의 능력과
치유의 능력과
건강의 바탕과
기쁨의 소재와
지혜의 요소와
빛의 소재가
내재되어 있다.

생소(生素)가 영혼의 음식재료가 되며 생명, 생명을 성장 발전을
돕는 원소라는 것이다.

42
공기(空氣)

산소(酸素), 수소(水素), 생소(生素).

생명체가 삶을 유지하기 위한 작용으로서 호흡은 필수적인 행위다. 호흡작용에 필요한 재료는 공기이며 만약 공기가 존재하지 않았다면 생명체의 삶 또한 존재할 수 없는 것이다.

이와 같이 소중한 공기는 우주의 안과 밖에 충만해서 존재하기 때문에 생명체는 공기를 사용해서 호흡작용을 하면서 삶을 살아가는 것이다. 공기가 우주의 안과 밖에 꽉 차 있으며 생명체는 공기사용을 공평하고 자유로운 작용으로서 호흡을 하게끔 베풀어졌기 때문에 그 소중함을 느끼지 못하고 살아가는 것이다. 물고기가 물이 없으면 살아갈 수 없는데 물의 존재를 알지 못하고 살아가는 물고기와 같이 우리들은 공기 없이는 호흡을 할 수 없고 호흡이 없으면 살아 갈 수 없는데 공기를 모르고 공기의 소중함을 모르고 살아가는데 이와 같이 소중한 공기의 내면에 생소라고 하는 명품(名品)의 요소(要素)가 존재하고 있다는 사실을 알지 못하고 살아가는 것이다. 공기 중의 산소와 수소 중에는 과학이 해명해 놓은 수많은 또 다른 원소(原素)가 존재하고 있음을 밝혀놓은 것이다.

43
생소(生素)

영혼(靈魂)의 음식(音息)재료의 원소(原素)인 생소(生素)의 내면에는 영혼의 성장을 돕는 또 다른 소리(素理)가 있다.

첫째, 개성생명의 성장을 돕는 생명의 힘과 능력이 있다.

둘째, 창조의 능력이 포함되어 있다.

셋째, 치유의 능력이 내재되어 있다.

넷째, 건강을 유지할 수 있는 바탕의 소재가 있다.

다섯째, 기쁨과 즐거움의 소재가 포함되어 있다.

여섯째, 지혜의 요소가 내재되어 있다.

일곱째, 빛을 낼 수 있는 지혜, 즉 밝음을 나타낼 수 있는 소재가 포함되어 있다.

이와 같은 원소들은 오직 지혜의 혜안, 즉 깨침의 눈으로 인식되고 인지되는 것이다. 사람이 성장하면서 일상에서 부딪치고 경험을 하면서 지식이 터득되고 삶의 폭이 커지는 것과 같이 나의 개성생명을 인지하고 느끼고 깨달아 가면서 생소에 내재되어 있는 소중한 이치의 소리(素理)를 깨달아 사용하게 될 것이다.

44
우주(宇宙)는 무엇인가

　우주란 자연의 어머니다. 우주는 수많은 자연과 크고 작은 자연을 연출하시고 수많은 자연과 크고 작은 자연으로 하여금 스스로 자유롭게 자연 작용을 하면서 돌아가도록 도와주시며 대우주의 대파동과 대진동의 근원이면서 동시에 진행과 과정과 결과를 지켜보시는 대자연의 모태이자 어머니인 것이다.

　우리 인간이란 생명체도 결국 대우주 속의 자연의 일부분으로서 자연작용에 순응하면서 살아가는 자연의 어머니이신 우주 속의 한 무리 존재인 것이다.

45
우주의 양면성

모든 만물 만상 만사는 내외 안과 밖의 양면으로 구성되어 있으니 우주 또한 양면으로 구성되어 있다는 것이다.

지식의 눈, 과학 문명이 발전하면서 우주를 이해하고 알았다고 하는 오늘날의 과학은 지혜의 눈, 우주의 인식으로 바라보면 일부분에 불과한 것이다.

오늘날 과학에 발전하고 앞으로도 계속 발전하여 나아 가지만 자연의 어머니이신 우주의 마음을 헤아리기에는 지극히 적은 존재에 불과하며 우주 어머니의 마음의 눈으로 바라보시면 그저 철없는 순진한 인류일 수밖에 없는 것이다.

46
운동과 수행

삶은 살았다는 말이다. 살았다는 것은 움직인다. 움직이지 않는 것은 삶이 아니고 죽음인 것이다. 사람의 삶을 들여다보면 태어나서 죽을 때까지 움직인다는 것이다. 이것이 삶의 표현이요, 삶의 이유인 것이다. 그런데 이와 같이 움직임도 두 가지 차원으로 되어 있다.

육신의 움직임인 운동, 마음 또는 영혼이라고 하는 개성의 움직임으로서 두 가지의 움직임을 운동과 수행이라고 하며 육신의 움직임을 운동이라고 하고 마음의 움직임을 수행이라고 한다.

운동과 노동

삶을 위한 노력과 노동은 살아가기 위한 필요적 요구이며 수고인 것이다.

살아가기 위해 행해야 할 수고를 노동이라고 생각하고 직장생활을 근로 또는 근무한다고 하는데 쉽게 말하자면 노동이라고 생각하는데 육신의 삶을 계속 이어지게 하려면 끝없이 움직여야 하는

데 이 움직임을 노력과 노동으로 생각하고 하지 말고 운동을 한다고 생각하고 행하면 즐거운 마음으로 하게 된다.

회비를 내고 헬스클럽에 가서 노동을 하는 것보다 일터에서 운동이라고 생각하고 일을 하면 육신의 건강을 보너스로 보상받는다.

수행

보이지 않는 움직임이 생각이요, 생각이 보이는 움직임으로 나타난다. 건강을 위해 건강한 삶을 살아가기 위해 운동을 한다면 수행 또한 마음과 영혼과 개성의 건강을 위해 행한다고 하는 것이다. 만약 수행을 마음과 영혼과 나의 개성생명을 성장과 발전을 하고 더 나아가 개성의 건강을 위해서 수행을 한다는 소망과 믿음이 없이 그저 수행을 한다면 수행의 의미가 없고 수행의 재미가 없다는 사실이다.

수행이란 가부좌를 틀고 앉아서 삼매에 몰입하는 것이 수행의 전부가 아니고 일거수일투족 손가락 하나의 움직임도 마음을 다해 챙겨보고 지혜의 눈으로 지켜보는 가운데 행하는 것이 일상을 통한 수행이라고 하는 것이다. 그리고 상상과 생각과 말 한 마디 한 마디마다 마음을 다해 챙기고 지켜보는 가운데 행하는 것이 참된 수행이라고 할 수 있을 것이다.

47
지구는 무엇인가

　대우주에는 수많은 별들이 존재하고 있는데 이 별들을 다른 말로 표현하자면 생명체가 삶을 위해 활동하는 무대라고 할 수 있다. 그래서 지구는 곧 우리 인류와 더불어 수많은 생명체들이 삶을 드러내는 연극 무대라고 할 수 있으며 생명체가 살아가는 유일한 터전이며 바탕인 것이다.

　따라서 지구는 인류를 포함해서 모든 생명체의 삶을 위한 공용 활동무대며 생활터전이기에 모든 생명체는 지구의 주인인 것이다. 인류의 활동무대이자 생활터전은 우리 모두의 공용이므로 우리는 주인 의식을 가지고 지구를 아끼고 사랑하며 소중함을 깨닫고 함부로 지구를 훼손하지 말아야 할 것이다. 만약 지구가 존재하지 않았다면 생명체 또한 존재할 수 없었을 것이다. 지구에게 돌려줄 것이 없는 우리는 미안한 마음을 가지고 무한히 베풀어 주는 지구에게 고맙게 생각하고 그를 사랑하며 살아가야 한다.

48
지혜(智慧)란 무엇인가

    지혜는 드러나지 않은 지식이다. 드러나지 않은 지식이 지혜다. 지혜와 지식은 동전의 양면과도 같은 것이며 손, 즉 손바닥과 손등과 같다고 할 수 있다. 지식은 드러나 있기 때문에 누구나 쉽게 만날 수 있고 사용할 수 있고 쓸 수 있겠으나 지혜는 드러나지 않았음으로 보고 쓰고 사용하고자 해도 나타나지 않고 드러나지 않았으므로 아무나 쓸 수 없는 것이 지혜이다. 지혜는 각자마다 지혜의 영역이 있고 지혜의 저장고가 있으며 지혜를 가지고 있는 자가 스스로 드러내 보이고 사용할 수 있는 것이다. 지식(知識)은 자칫 남에게 피해를 줄 수도 있지만 지혜는 절대로 남에게 피해가 되는 행위로 나타나지 않으며 남에게 마음의 상처나 손해가 되는 행위로 이어지지 않는다.

49
생명이란 무엇인가

생명은 주인이다. 주인인 생명이 존재를 이어가기 위해서는 생명이 사용할 수 있는 활동무대라고 할 수 있으며 생명이 깃들어 쓸 수 있는 바탕과 집이 필요한 것이니 그 바탕과 집이라고 할 수 있는 것의 주인이 생명이다. 거대한 집이자 무대이며 둘레인, 존재하는 모든 생명체의 종합 생활 터전이 우주이고 여기에도 주인이 있어야 될 것이다.

그 주인이 생명이며 생명의 근원은 대생명의 파동이며 대생명의 파동에서 분생명된 개성생명체가 곧 개개인의 '참나'인 것이다.

삶으로 존재하는 모든 생명체의 개성의 생명은 그 어떠한 생명체이거나 그 자체가 스스로의 주인이며 우주 안에서의 개성의 생명체는 저마다 주인의식으로 삶을 이어가는 것이다. 왜냐 삶이라고 하는 것은 아무리 미미하고 보잘 것이 없는 생명이라고 해도 그 생명체는 그 개체의 생명이지 그 어떤 생명체도 대신할 수 없기 때문에 개성생명체는 곧 삶의 주인이다.

여기 하얀 파리가 하나 있다고 하면 그 하얀 피리의 생명은 그 하얀 파리만의 생명이지 또 다른 하얀 파리가 대신 할 수 없는 것이다.

　오직 개성의 생명체는 이 거대 우주 내의 생활 무대에서 각 개성마다 하나밖에 없는 고유생명이며 개성생명은 여분의 생명이 없다는 것이다.

50
말씀의 명품(名品)

명품이라고 하는 것은 어떠한 종류이거나 그것이 명품이라는 이름으로 나타나기 위해서는 시간이라는 공간과 세월이라는 과정으로 숙성되어야 되는 것이지 그저 한순간 뚝딱 만들어지지 않는 것이다. 쉽게 만들어지는 것은 그것이 무엇이거나 명품이 아니고 짝퉁인 것이다.

말씀도 오랫동안 말씀의 저장고인 지혜의 바탕에서 숙성되어야 명품의 말씀이요, 명품의 진리이며 영혼의 진수성찬이 되는 것이다. 육신이 필요로 하는 생활필수품에서 수많은 명품이 존재하고 그 명품이 만들어지는 과정은 많은 숙련과 공정을 거쳐서 만들어지는 것이다. 육신의 기쁨의 기쁨의 한 부분을 차지하는 술이라고 하는 것도 많은 종류의 술 가운데 특히 포도주라고 하는 것은 명품인 명주로 만들어지기 위해서는 수많은 노력과 공정과 정성이라는 과정을 거쳐 저장고에서 오랜 세월 숙성기간이 경과 되어야 명주로 탄생되는 것과 같이 영혼을 기쁘게 하는 소리(素理)로서 말씀도 명상과 상념과 상상으로 응출되어 지혜의 저장고에서 오랜 숙성이라고 하는 수행과정을 통하여 성숙된 말씀으로 탄생되는 것이다.

51
사명

사명은 내가 행해야 할 운명의 또 다른 표현이다. 이 우주에 탄생된 모든 생명체는 그 종류가 무엇이거나 운명과 사명을 받아 탄생된 것이다. 이와 같은 사명과 운명을 어디서 부여받았느냐고 한다면 사명과 운명의 근본이자 원천인 대사명과 대운명의 근본으로부터 부여 받았다는 것이다. 드라마나 연극 영화의 스토리를 보자면 하나의 공동체 안에서 수많은 역할과 사명과 배역의 개성에 따라 다르다는 것이다. 이와 같은 연극영화에서 각자 배우들은 자기에게 맡겨진 배역을 성실히 수행하는 것이지 자기의 배역이나 역할에서 불평과 불만이 나올 수 없는 것이다. 왜일까 그것은 자기에게 맡겨진 배역, 즉 사명이 오직 자기에게만 주어졌기 때문에 운명적으로 수행할 수밖에 없는 것이다. 만약 자기에게 부여된 사명에서 불평과 불만을 가지고 행하게 되면 그 연극과 영화는 본래 구상했던 작품으로 제작되지 못할 것이다. 그리고 자기의 사명과 운명을 감사하게 받아드려 즐겁게 수행을 하지 않는 배우나 연극인은 그 작품에서 도태될 것이다. 세상에서 살아가는 모든 사람들이 지금 살아가고 과거에 살다간 사람과 미래에 태어날 사람들 이 모든 사람들이 지구 무대에서 삶이라는 사명과 운명도 운명과 사명의 본원으로부터 부여받았다는 것이다.

이 세상에서 살아가는 사람들에게 주어진 운명과 사명은 개개인의 개성에 따라 서로 다른 사명이 주어졌고 받았다는 것이다. 성자나 권력자나 과학자나 문학자나 그 분야에서 두각을 나타내는 사람들도 자기에게 맡는 사명이 부여되었다는 것이다. 그리고 평민이나 대중이나 중생이나 이 모든 사람들도 그에게 지극히 합당한 사명이 주어졌다는 것이며 각자 개개인은 맡겨진 사명인 삶이라는 시나리오를 열심히 성실하게 그리고 기쁘고 즐기며 행복을 만들어 가면서 산다고 하면 그는 성공적인 사명을 이루었다고 할 수 있다. 삶이라는 사명이 중요하고 무엇보다도 소중하다는 것을 깨치지 못하고 그저 그냥 살았으니 살아가는 삶을 살아간다면 삶의 가치와 삶의 의미를 살아야 하는 사명을 열심히 행하였다고 볼 수 없는 것이다.

큰 그릇으로 큰 사명을 받아 세상에 왔다간 분들이 수없이 많으나 그 중에 지금 우리가 잘 알고 있는 대표적인 분이 부처님과 예수님일 것이다. 부처님이나 예수님도 삶이라는 운명에서 행해야 할 사명을 스스로 깨달아 얻은 것을 세상에 설파하신 것이며 그 분들이 깨달아 얻은 말씀과 진리도 말씀과 진리의 본래적 본원에 있었기에 세상에 내놓을 수 있었던 것이지 진리와 본래 말씀의 원음이 없는데도 불구하고 그 분들이 스스로 지어내고 만들어 내놓은 것이 아니다. 그리고 그 분들이 내어놓은 진리도 그분들이 살아생전에 그 당시에 맡는 진리와 말씀인 것이다. 그분들이 살아 계시지 않는 지금의 시대는 삶의 지혜를 얻는 데 또는 수행을 하는 데 참고적인 내용은 되겠으나 우리에게 절대적 영향을 기할 수 없는 것이다. 예수님이나 부처님도 삶이라는 운명과 사명이 끝나기 때문에 하나의 영화나 연극이 만들어지는 과정에서 수많은 배우와 연극인이 배역인 사명을 받아 수행해서 하나의 영화와 연극이 완성되면 주연이든 조연이든 단역이든 엑스트라든 영화가 다 만들어지면 배우들과 연극인들이 사명이 끝나는 것이다. 이 지구 무대에서 수많은 역사의 연극이 만들어지는 과정에서 주연배우로 연출되었던 예수님이나 부처님이나 그 밖의 유명한 주연배우들도 삶이라는 사명과 운명의 끝이 났기 때문에 세상 살아가는 모든 사람들은 오직 자기에게 지극히 합당하고 소중한 사명을 받아 세상에 출현한 것이다. 우리는 삶이라는 사명과 운명을 하나의 생명에 연결시켜 나에게 부여되었다. 나의 생명과 사명과 운명은 이 세상에서 단 하나밖에 없는 나의 사명과 운명과 생명이기에 우리는 나에게 부여된 생명을 감사하고 또 감사하며 기쁘고 즐겁고 행복한 사명과 운명을 만들어 열심히 성실하게 살아가야 될 것이다. 나에게 주어진 생명은 오직 세상에서 나에게 가장 합당한 나의 생이라는 소중함을 깨치고 깨달아 감사하며 살아갈 때에 스스로 행복해지는 것이다.

52
천명(天命)

　사명이란 나의 뜻과 나의 책임감으로 행할 수 있고 행하지 않을 있는 일이 사명이라면 천명이란 나의 의지와 나의 뜻과는 상관없이 나의 자유 의지와는 상관없이 따를 수밖에 없는 하늘의 명령인 것이다.

　내가 세상에 태어나는 것. 내가 지금 살아 움직일 수 있는 능력, 내가 지금 목숨을 이어 갈 수 있는 것, 이 모두가 하늘이 내려 준 명인 것이다. 명령이란 시키는 것이고 지시하는 것이며 사람이 살아가는 데는 상사의 명령, 스승의 명령, 수많은 여러 종류의 명령과 지시를 내가 따를 수도 있고 따르지 않을 수도 있다. 그와 같은 명령은 거역할 수 없이 받아들일 수밖에 없는 천명에 비교하면 종적인 위에서부터 내려지는 수직적 명령이 아니고 평형적 명령이기 때문에 따르지 않고 거부할 수도 있는 것이다.

　내가 세상에 태어난 것은 하늘의 명인 목숨을 부여받아 태어난 것이다. 세상에서 자신의 목숨보다 더 소중한 것은 없다. 육신의 한 부분이 없어도 삶을 이어 갈 수 있으나 목숨은 단 하나밖에 없는 소중한 목숨이기에 목숨이 생명통장에 잔고가 없으면 삶은 더 이상 살아가지 못한다 해서 천명을 성실하게 수행하기 위해서 삶이라는 일상에서 드러난 육신을 위한 수행도 중요하지만 생명과 목숨을 위해서 더 많은 노력과 정성을 다해야 할 것이다. 사람은 누구나 하루 24시간이란 공간을 지나가면서 생명과 목숨을 위한 수행을 하여 생명의 보고에 목숨을 비축하면서 생명 성장, 즉 나의 개성생명이 성장해 가느냐 하는 것이 중요한 것이다. 내가 세상에 태어나고 성장하고 변해가는 육신에 어울리게 생명도 성숙되어야 하지 않을까. 일생을 살아가면서 생명의 고마움과 소중함을 깨치고 나의 개성, 생명을 더욱 성장하고 성숙시켜야 나에게 부여된 천명을 성실하게 받들어 수행했다고 할 수 있으며 잘 영근 알곡이 곳간에 저장되는 것과 같이 나의 개성도 금생에서 잘 수행해서 성숙된 개성으로 생명의 보고인 하늘나라로 갈 수 있으리라.

53
호흡(呼吸), 맥박, 의식

이와 같은 세 가지는 사람이 살아가는 데 없어서는 안 될 귀중하고 소중한 보배인 것이다. 호흡, 맥박, 의식 중 어느 것 하나라도 멈춘다면 사람은 삶을 살아 갈 수 없는 것이다. 이처럼 소중한 세 가지의 기능을 생명의 본원으로부터 부여 받았다는 사실이며 개성생명의 부모이신 대생명인 희락부모 한울림께서 기획 연출하신 오묘한 생명의 신비를 표현으로 나타내신 것이다.

호흡, 맥박, 의식, 이와 같은 세 박자는 육신의 삶과 육신이 성장하고 더욱 성숙시켜 발전함으로 육신의 주체인 개성(個性)생명의 성장을 돕는 보호막이며 울타리 격이며 몸집의 역할을 충실하게 수행하라고 부여해 주신 것이다.

호흡, 맥박, 의식의 삼박자가 없다면 생명이 깃들어 성장할 수 있는 터전이 없기 때문에 소중한 흡, 박, 식의 삼박자를 주신 것이다.

호흡

드러난 목숨이며 드러나지 않은 호흡이 목숨이다. 다시 말하자면 호흡은 육신을 유지하고 성장시켜 나가기 위한 행위이고 목숨은 개성생명을 성장하기 위한 수행인 것이다.

맥박

드러난 진동(振動)과 울림이며 나타나지 않은 맥박이 진동과 울림이다.

의식

드러난 각성(覺性)이며 드러나지 않은 의식이 각성(覺性)이다. 이와 같은 표현은 손등과 손바닥과 같은 것이며 동전의 양면과도 같은 것이다.

우리는 삶을 살아가면서 부여받은 호흡, 맥박, 의식의 소중함을 깨닫고 더욱 세련되고 유연한 맥박, 호흡, 의식으로 성장하고자 분투노력해야 개성생명이 인지되고 인지된 개성은 성숙하고 성장하지만 호흡, 맥박, 의식(흡, 박, 식)의 삼박자의 소중함을 모르고 그 의미를 깨치지 못하고 삶을 살아간다고 하면 대생명에서 부여받은 개성생명을 깨닫지 못하고 일생을 허비하고 가게 될 것이다.

쉽게 표현하자면 호흡과 맥박과 의식의 작용은 육신이 성장하고 발전하기 위한 필요적 행위이고 목숨과 울림과 각성은 개성생명의 성장과 발전을 위해 필요한 행위다.

54
기쁨의 저장고

기쁨이란 사랑의 최고 지점이며 즐거움의 최고 정점이다.

해서 모든 생명체의 최고의 소망은 기쁨과 즐거움이며 존재의 이유이며 삶에서 살아가는 이유인 것이다. 삶에서 기쁨과 즐거움이 없는 삶을 살아간다고 하면 그 삶은 생명의 연장인 의미 없는 삶일 것이다. 모든 생명체는 이와 같은 기쁨의 이치를 깨치든 깨치지 못하든 스스로 주워진 환경에서 나름대로 크고 작은 기쁨과 즐거움을 바라면서 만들어 가는 것이다. 생명체가 그토록 기쁨과 즐거움을 갈망하고 소망하는 것은 기쁨과 즐거움의 근원이 생명이며 생명의 근원이 대기쁨의 파동으로 계시고 대기쁨과 대즐거움의 원천적 근원으로 계시면서 나타난 모든 생명체가 기쁨과 즐거움을 누리고 살라고 명하셨기 때문에 모든 생명체는 기쁨의 근원적 이치를 알지 못하고 살아갈지라도 개체적 개성생명의 내면에는 기쁨을 즐거움을 추구하는 인자가 각인 되었다는 것이다. 이와 같은 기쁨과 즐거움도 나타난 기쁨과 드러나지 않은 기쁨으로서 양면으로 구성되었다는 것이다.

55
기쁨과 즐거움

육신의 기쁨

육신이 기쁨을 즐기기 위해 행하는 작용이 있을 것이니 그것은 환각물질을 흡수하거나 흡입함으로써 육신의 기쁨을 누리고 느끼기 위해 행하는 작용이고 육체적 율동과 운동과 유희를 행하여 기쁨을 즐기고자 하는 행위적 작용인 것이다. 이와 같은 행위적 작용은 질박한 기쁨과 탁한 즐거움이 솟아나는 것이다.

개성생명의 기쁨과 즐거움

사람에서 생명이 곧 사람이고 생명이 곧 나인 것이다. 나의 주인인 개성생명도 나의 몸을 통해서 세상에 출현한 것은 생명도 또한 기쁘고 즐기기 위해 세상에 출현했다. 이와 같은 사실은 대생명의 근원이자 원인 희락부모 한울림께서 기획하시고 연출하셨다는 사실이며 해서 나의 개성생명체도 기쁨을 즐기기 위한 행위적 작용이 요구되는 것은 당연한 이치인 것이며 지극히 합당한 것이다. 육신이 기쁠 수 있는 물질적 재료인 음식과 환각을 나타낼 수 있는 다양한 종류의 것을 흡수 흡인, 즉 먹고 마신다고 하면 영혼인 개성생명은 드러나지 아니한 호흡의 영식과 드러나지 아니한 맥박인 울림, 드러나지 아니한 의식인 각성을 행위적 작용을 수행함으로써 기쁨과 즐거움의 본원과 근원에 나의 개성생명이 기쁨과 소박한 즐거움, 즉 나의 개성적 희락이 희락의 원천에 연결되어 일시적이 아니고 지속적 희락을 즐길 수 있는 것이다.

이와 같은 개성생명이 연출하는 기쁨과 즐거움은 해맑은 기쁨과 즐거움인 것이다.

육신의 희락을 위한 재료인 물질로 구성된 환각 물질이나 기타의 여러 종류를 저축하는 것은 중요하지만 영혼과 개성생명이 즐길 수 있는 원소인 생소를 인지하고 깨달아 인식된 생소를 더욱 확대하고 성숙시키는 것이 더 중요하다고 할 수 있다. 공기 중에 무한한 생소를 인식함으로 드러나지 않은 호흡인 연명식을 즐길 수 있고 드러나지 아니한 맥박인 울림과 진동을 즐길 수 있고 드러나지 아니한 의식인 각성 상태를 즐길 수 있는 것이다.

56
건강을 위한 저축통장

은행통장에 수십억 수백억이 저축되어 있다고 해도 나의 몸과 마음이 건강하지 않다고 하면 그와 같은 통장은 의미가 없는 것이다. 나의 몸과 마음이 건강하고 은행통장에 많은 돈이 저축되어 있다고 하면 그보다 더 좋은 일은 없을 것이다. 사람은 누구나 건강하기를 원하고 건강하기를 바라면서 살아가는 것이다. 그러나 건강이란 것이 건강을 원하고 바라는 것만으로 얻어지는 것이 아니다. 건강을 희망하고 건강을 소망하고 건강하기를 바라고 꿈을 꾸는 것만으로 이루어지는 것이 아니다.

건강이란 무엇인가 라는 이치를, 즉 건강에 관한 이치를 깨치고 깨달아 얻은 건강의 이치를 생활에 적용함으로써 건강은 솟아나는 것이다. 사람이 건강을 논할 때 어디서 어디까지가 건강하고 건강하지 않은가를 간단하게 설명할 수는 없지만 생명의 부모이신 대생명이신 희락부모 한울림께서 부여해주신 나의 개성생명과 의지와 의식과 마음과 영혼과 양심과 육신의 부모로 부터 부여받은 육체의 이목구비, 오장육부를 잘 보전하면서 살아가는 사람이라면 최고의 건강을 유지하면서 살아가는 사람이라고 할 수 있을 것이다. 그러나 대다수 사람들은 스스로 건강하다고 생각하면서 살고 있는 것이다. 그저 밥 먹고 화장실 가는 데 불편함이 없으면 건강하다고 건강한 셈치고 살아가는 것이다. 최고의 건강한 삶을 살아가는 사람은 육신의 부모로 부터 부여 받은 육신의 모든 기능을 잘 보전하기 위해서 수행을 게을리 하지 않고 노력하고 생명의 부모로 부터 부여받은 모든 기능을 더욱 성장하고 발전하고 성숙시키기 위한 수행을 열심히 지극 정성으로 수행하는 사람일 것이다. 육신의 부모로부터 부여받은 육신을 더욱 수신(修身)하고 생명의 부모로부터 부여받은 의지와 의식과 영혼과 마음과 양심을 갈고 닦기 위한 수행을 지극정성을 다해서 수행을 하면 건강이란 자산이 건강통장에 쌓여서 삶은 더욱 건강을 더하는 건강한 삶을 살아가게 될 것이다.

57
도(道)와 길

　도(道)는 사통팔달(四通八達) 하고 막힘이 없는 경지를 의미하는 것이며 도는 길이다. 사람과 자동차가 다니는 길이 사방팔방 통하고 정체 없이 시원하게 달릴 수 있다면 그 이상 좋은 길은 없을 것이다. 사람이 살아가면서 길을 따라 살아야지 길을 이탈하면 더 이상 갈 수 없고 다시 본연의 길로 찾아 들어서야 앞으로 나아갈 수 있다.

　도에도 육신이 다니는 길이 있고 영혼이 다니는 길이 있다.

　즉 사람은 물질로 구성된 육체와 생명으로 구성된 개성생명체로서 내외(內外) 양면으로 구성되었으며 하늘의 비행기가 다니는 항공노선과 차동차가 다니는 고속도로와 사람이 다니는 인도(人道)가 있다.

　비행기가 달리기 위한 길을 자동차가 다닐 수 없고 연락선이 다니는 뱃길을 자동차가 갈 수 없다.

58
도를 닦는다, 길을 닦는다

도(道)를 닦는다는 것이 자동차나 기차가 달릴 수 있는 고속도로와 철로를 닦는 것과 같이 사람도 몸과 마음을 닦는 것이 도를 닦는다고 하는 것이다.

길을 닦는 것은 자동차가 다니기 위해서 닦고 몸을 닦는 것은 생명이 소통하기 위해서 닦는 것이다.

몸을 닦는다는 것은 목욕탕에 가서 때를 미는 것이 아니고 육신의 부모로부터 부여받은 몸과 마음과 생각과 정신이 모든 감각기능을 더욱 성숙되고 성장하기 위해서 분투노력하는 수행(修行)이라고 하는 것이며 부모로 부터 물려받은 육체는 물질로 구성되었기 때문에 물질은 세월 따라 시간 따라 변해 가는데 어차피 한세상 세월 따라 변하면서 나의 몸을 흘러가는 세월에 맡겨 놓고 살아가지 말고 어차피 받은 몸 좀 더 깨끗하고 단정한 모습을 지키면서 살아가고자 하는 그와 같은 수행과 도를 닦는 것이다.

돌고, 돌고 도는 것이 도의 길이요, 도의 길이 인생(人生)길이며 인생살이가 사람 사는 이야기다. 삶이란 도는 것이다. 아니 세상은 돌고 세월도 돌고 지구도 돌고 우주도 돌고 인생도 돈다. 우주 만물 만상(萬象)은 돌고 도는 끝없는 반복되고 거듭되는 도는 일이다.

우주가 도는 것은 우주의 일이요, 지구가 도는 것은 지구의 일이요, 사람이 도는 것은 인생의 일이다.

아침은 저녁으로 가고 저녁은 아침으로 온다. 태어남은 죽음으로 가고 죽음은 삶으로 온다. 그저 가면 오고 오면 간다.

가고 오고, 오고 가는 것도 역시 돈다. 만나면 헤어지고 헤어지면 또다시 만난다. 그저 헤어지고 만나면서 돌아간다.

돌지 않고 직선으로 냅다 달리기만 하면 다시는 만나지 못한다. 우주도 지구도 인생도 돌아가는 이유인 것이다.

59
개성생명체(個性生命體)의 길

우주에서 나타난 것은 그것이 무엇이었거나 내외(內外) 양면으로 구성되었다. 길도 역시 내외의 양면으로 되어 있고 외적인 길이 나타나 보이는 모든 길이요, 모든 길은 돌고 돈다. 이와 같은 이치로 살펴보면 생명도 다닐 수 있는 길이 필요한 것은 두말 하면 잔소리다.

사람이 길을 통해서 돌고 돌면서 살아간다면 생명도 돌아다닐 수 있는 길이 있어야 다닐 수 있을 것이다.

생명이 나타날 수 있는 길은 육신이라는 몸을 통해서 나타난다. 사람에서 생명이 빠지면 시체이지 더 이상 사람이라고 할 수 없다면 몸이 없는 개성생명은 출연할 수 없다고 하는 사실이다.

몸이 있으면 생명이 있고 생명이 있는 곳엔 언제나 몸이 있다. 생명과 몸의 합성되고 융합된 것이 곧 사람이다. 세상에 생명이 나타날 수 있는 길은 오직 몸이라는 길인 것이다.

60
생명의 길(道) 닦음

길을 닦는 것은 내가 다니기 위해서 만드는 것이다. 생명도 스스로 다닐 수 있는 길을 닦는 것이 종(種)의 번식인 것이다.

우주에 나타난 모든 생명체는 종의 번식을 위한 유전자가 각인되어 있다. 왜냐 생명은 끝없는 생명의 돌고 도는 생존 본능이 심어져 있으며 생명의 본능은 끝없는 발전과 성장을 해야 할 사명이 생명의 부모 희락부모 한울림으로부터 부여받았기 때문이다.

생명의 길 닦음(종의 번식)은 모든 생명체가 인식하든 인식하지 못하든 자손을 낳기 위해 부단한 노력을 하고 있다는 것이다. 그래서 사람은 태어나면 성장하고 성장하면 결혼하고 결혼하면 자녀를 낳는 것이다. 생명이 올 수 있는 길을 닦기 위해서, 쉽게 말하자면 사람은 몸을 통해서 생명이 탄생할 수 있고 몸은 자식이라는 몸을 만들어 내는 것이 종의 번식이기 때문이다.

그런데 사람이 다니는 길은 누가 만들어 놓았거나 그 길을 만드는 데 동참하지 아니한 사람도 다닐 수 있지만 생명길인 자녀를 탄생시킨 사람 다시 말하자면 내가 자식을 낳지 않고 낳지 못하

고 살다가 죽으면 다시 세상에 올 수 있는 생명의 길이 없으므로
세상에 다시 태어날 수 없다. 올수 없다.

61
이 세상에 무엇 하러 왔는고

　내가 세상에 태어나고 세상에서 살아가고 있지만 왜 세상에 태어났으며 무엇을 이루고 성취하기 위해서 살아가는지 우리 모두는 한 번쯤 생각해보았는지 자문해 본다.

　나는 지금 70세의 중반을 향하면서 지나온 날들을 생각해보면 그 세월 너무도 보람 없는 허송세월이었다. 내가 지금 어디론가 가고 있으며 무엇인가를 행하고 있다는 것은 무엇을 하기 위하고 무엇을 배우고 무엇을 이루기 위해서 행하고 있다는 것이다. 그저 아무런 목적이나 바라는 것이 없이 무작정 가는 것은 없을 것이다. 일상에서 삶이라는 것이 그럴진대 내가 세상에 온 것도 그 무엇인가를 이루기 위해서 세상에 왔을 터인데 나는 지금까지 그러한 뜻을 모르고 지금까지 허송세월 살아왔으나 앞으로의 삶을 통해서 내가 세상에 온 것은 무엇인가를 행하기 위해서 왔다는 것을 알아차리고 그것이 무엇인가를 깨치고 알아서 그것을 더욱 갈고 닦아서 성숙시켜야 되겠다는 것이다.

　내가 세상에 온 것이 내가 잘나서 내가 능력이 있어서 나의 힘으로 이 세상에 태어난 것이 아니다. 세상 그 누구도 성자도 구세주도 누구도 자기의 능력으로 세상에 태어난 존재는 없을 것이다.

나를 세상에 태어나게 한 것은 대생명의 근원이시고 희락 부모 한울림께서 기획하신 상상(想像)을 자연(自然) 감독님의 연출로서 대우주극장 지구 무대에 연출된 개성체의 인생배우인 것이다.

무형으로 존재하시는 희락부모님께서 지구무대에 인생배우를 출연시킨 것은 서로 다른 개성생명들이 연출해서 나타내는 모양을 바라보시고 즐기시기 위해서이다.

무형의 희락부모님께서는 지구 무대에서 출연하는 전 세계(인류; 人類) 개성생명체가 생활을 통한 연극을 관람하시고 즐거워하시는 것이다. 그러면 우리 인생 배우들은 저마다의 생활에서 기쁨과 즐거움을 창출하는 인생 배우 한울 연예인이 되어야 할 것이다.

나의 삶은 오직 기쁨과 즐거움을 만들어 내는 희락창출 인류 연예인이 되어야 할 터이다. 그것만이 내가 세상에 태어난 결과일 것이다.

62
천국과 지옥은 나로부터

　무엇이 천국인가 재물이 많으면 천국인가 그렇다면 대재벌 오너들은 다 천국생활을 하는 것일까. 명예가 천국인가 그렇다면 노벨상을 타신 분들은 다 천국생활을 하고 계신가. 아니다. 권세가 천국인가 그렇다면 역대 임금이나 그 나라의 대통령은 다 천국에서 생활하는가. 아니다.

　그러면 천국은 어디에 있는가. 이 세상 그 밖에 어디인가 별천지가 있단 말인가. 아니면 이 세상 삶이 끝나고 가서 새로운 삶을 시작하는 곳이 세상너머 어디에 있다는 말인가. 도대체 천국과 지옥은 어디에 있고 거기는 어떤 사람이 가는가. 지옥은 어디 있는가. 어디에 지옥이 있고 그곳은 어떤 사람 누가 그 지옥으로 가는가. 잘못을 저질러서 유치장에 가는 것은 죄를 범하고 감옥에 가는 것이지 지옥이 아니다. 지옥이 어디 있어서 죄를 지으면 그곳에 던져져서 불속에서 사그라드는 그런 곳이 어디에 있는가. 자기를 나아 길러준 부모를 죽인 자도 유치장이나 감옥에 잡아다 넣고 하루 새끼니 밥을 챙겨주는데 그곳이 분명 지옥은 아닌 것 같은데 도대체 천국과 지옥은 어디에 있는 것일까.

자문자답을 쓰고 있는 청소부의 견해로는 천국이란 기쁨을 동반한 기쁨과 함께 삶을 만들어 가는 것이 곧 천국의 생활이고 천국의 삶이라고 생각한다.

삶을 살아가되 기쁨이 없는 삶을 살아가는 것이 지옥의 삶일 것이다.

기쁨이 없는 그저 살았으니 그냥 사는 것. 기쁨과 즐거움이 무엇인지 모르고 그냥 살았으니 살아지는 삶이 아니고 기쁨을 알고 기쁨을 느끼고 기쁨과 즐거움을 동반한 삶의 여정이 제일 명품 천국일 것이다.

기쁨과 즐거움이 없는 삶. 기쁨과 즐거움의 의미와 가치를 모르고 그저 살아 있으니 살아가는 삶은 천국이 아니고 괴롭고 피곤하며 따분한 삶을 살아가는 것이 지루한 삶이요, 지옥인 것이다. 살았으되 희락의 의미를 모르고 희락의 고귀함을 모르고 지루하게 살아가는 것이 지옥일 것이다.

내가 지금 살아가면서 기쁨을 만들고 기쁨과 함께 살아간다면 나는 천국의 삶을 사는 것이요, 내가 지금 살아가되 기쁨과 즐거움이 없는 그저 생명의 연장을 위해서 호흡작용만 반복하는 것이라면 그것은 분명 기쁨의 삶이 아니고 괴로움의 삶일 것이다.

나의 삶은 오직 나의 삶일 뿐 그 누구도 나의 삶을 대신 살아줄 수는 없다. 기쁨의 삶도 괴로움의 생활도 오직 나 스스로의 몫이지 그 누가 대신할 수 없다.

천국과 지옥은 나를 떠난 내가 아닌 또 다른 어느 곳 어디에 천국과 지옥이 존재하고 있는 것이 아니고 오직 나의 삶 속 나의 생활 속에 천국과 지옥이 있으며 나는 천국생활인 기쁨과 즐거움의 지속적 천국생활과 괴로움의 지옥의 연속적 생활을 천국과 지옥은 오직 나 스스로 선택해서 살아갈 권리와 의무가 부여되었다는 것이다.

63
명상 참선

명상은 지금의 삶 속에서 한 차원 더 높은 삶을 바라고 현재의 생활보다 좀 더 폭 넓은 세상을 만들어 가기 위한 수행이다. 지금의 삶에서 무엇인가 아쉽고 부족한 점을 찾아서 고치고 개선하면서 보다 한 차원 높고 넓은 나의 삶을 만들기 위한 공부이며 수행이다.

명상은 오직 나의 부족한 부분을 고치고 나의 부족한 점을 줄이고자 하는 공부이다. 나의 부족한 점은 오직 나 스스로 알아차리고 나 스스로 고치고자 노력해야 된다. 그래서 명상이 필요하고 수행이 필요한 것이다. 나의 잘못된 점, 내가 잘못한 말이나 행동을 나 스스로 알아차리지 못하고 살아가는 삶은 무지의 삶일 것이다. 나의 잘못과 나의 생각과 행위로서 이루어 진 일들은 오직 나 스스로 양심에 의해서 알 수 있고 나 스스로 회개하고 반성하면서 고쳐 가는 것도 역시 나의 몫인 것이지 그 누가 대신 이루어 줄 수 없는 것이다. 나라는 존재는 무지에서 미지의 세계로의 여행이다. 우리는 항상 부족한 상태에서 알 수 없는 앞으로의 여행인 것이다.

이와 같은 미지의 여행을 조금 더 지혜롭게 가고자 노력하는 것이 명상이며 또는 참선이라고 하는 방법인 것이다.

명상이나 참선을 행함에 있어서 여러 가지의 수행방법이 있겠으나 그와 같은 방법 이전에 마음가짐이 중요한 것이다. 그리고 지속적인 분투노력이 필요한 것이다. 명상은 지정된 곳이나 준비된 공간에서 조용히 수행하는 것도 중요하지만 일상생활에서 생각하고 상상하고 실천하는 생활명상으로 이어져야 보다 청정한 삶으로 살아 갈 것이다. 그러나 생활명상의 경지에 도달하기 위해서는 조용한 장소, 즉 잠자리에 들기 전과 잠에서 깨어날 때에 최소한 30분이라는 시간을 지극정성으로 수행정진 한다면 적어도 100일 백일을 목표로 수행하노라면 내가 알지 못하던 그 무엇을 느끼고 알아차리게 될 것이며 여기서 만족하고 중단할 것이 아니고 더욱 수행정진 하다 보면 삶에서 많은 지혜와 은혜로운 삶이 폭이 넓어질 것이다.

64
우주팽창에 대해서

천문학을 연구하고 천문학의 분야에 종사하시는 과학자들이 발견해서 발표한 우주팽창에 대한 이론에 의하면 우주는 지속적으로 팽창하는 데 초속 700K로 확대한다고 하며 또한 우주는 점차 팽창의 속도가 점점 더 빨라진다고 하였다. 우주가 팽창한다고 하는데 팽창이란 무엇인가.

팽창은 곧 우주가 확대한다는 뜻이고 확대하고 커지는 것은 아무런 힘의 작용이 없는 확대나 팽창은 이루어질 수 없다. 그러면 우주를 팽창시키는 동력은 생명이다. 생명은 움직인다. 진동한다. 움직이며 진동하는 것은 에너지다. 에너지와 힘은 의식이며 의식은 수축과 이완이며 팽창과 압축이며 확대와 축소다. 이와 같은 내용을 요약해서 말하자면 우주가 존재 유지를 위한 의식이며 우주의식과 우주 호흡이며 우주의 파동과 진동이라고 할 수 있다.

우주의 운행법칙과 진리는 상호작용으로 이루어진다.

서로의 존재 유지를 위해서 상호간에 소통이라고 할 수 있는 주고받는 것으로 수수작용(授受作用)으로서 영원히 존재하고 있는 것이다.

그런데 우주가 계속 팽창과 확대작용만 한다고 하면 우주를 확대시키고 팽창시키는 힘인 동력이 언젠가는 고갈되어 더 이상 확대와 팽창이 이루어 질 수 없을 것이다.

천문학에서 밝혀놓은 이론은 우주가 팽창하고 확대되는 것만 발견하였으며 수축되는 현상, 즉 우주가 역으로 확대 팽창된다는 사실을 보지 못한 것이다. 우주 팽창 원리를 우주의식의 이치로 살펴보자면 우주의식도 나타난 의식, 보이는 의식이며 외적인 의식이 있으며 나타나지 아니한 의식, 보이지 아니 하는 의식이며 내면적인 의식으로 상호적 의식이 존재한다는 것이다. 천문학에서 관측하고 있는 허블망원경은 보이는 우주의식과 파장과 진동만 관측이 가능하고 보이지 아니하는 내면의 우주의식인 진동과 파장은 관측이 불가능하다는 것이다. 우주관측 카메라에 잡히지 않는 우주의식과 파동과 진동은 오직 지혜의 인식능력으로서만이 관할 수 있는 것이다. 볼 수 있는 것이다. 제아무리 성능이 좋은 카메라일지라도 사람을 관측하자면 물질로 이룬 육체와 세포신경 등은 관측되고 촬영이 가능하지만 생명은 찍히지 않고 찍을 수도 없다. 오직 지혜의 인식능력으로 통찰이 가능한 것이다.

우주의식은 우주만의 고유한 의식이 있다는 것이다. 사람은 각자 개인의 의식 수준이 있고 동물과 기타 생명체들도 나름대로의 의식작용으로 살아가는 것이다. 우주의 의식은 우주의 호흡작용이라고 할 수 있다. 호흡은 반드시 상호작용인 호(呼)와 흡(吸)작용이 있으며 호와 흡작용은 상호간의 고유한 영역이다. 호가 흡작용을 할 수 없고 흡 또한 호의 작용을 할 수 없는 것이다.

　호와 흡을 우주의 팽창 관계로 설명하자면 천문학에서 밝힌 팽창론은 호와 흡작용에서 호작용만 관측하고 밝힌 것이지 흡작용은 관측하지 못한 것이다. 만약 우주의식이 호와 흡작용에서 호작용인 팽창작용만 안한다고 하면 우주라는 둘레가 없고 퍼져버렸을 것이며 또한 흡작용인 수축작용만 한다면 우주는 축소해서 없어졌을 것이다. 그래서 우주는 수축과 팽창, 확대와 축소작용으로 서로 보완하고 배려하면서 영원을 이어가는 것이다.

65
지족자 희락(知足者喜樂)

만족이란 외적인 만족과 내적인 만족, 드러난 만족과 드러나지
아니한 내면의 만족일 것이다.

외적인 만족은 외적으로 나타난 물질을 의미하는 것이다. 물질
로서 일어나는 기쁨은 오래 가지 아니 하고 시간이 조금 지나면
기쁨이 사라져 버리고 또다시 허전하고 공허해진다. 그래서 물질
로서 만족함을 기대하기 어렵다. 아무리 좋은 명품 액세서리나 의
류, 기타 좋은, 일상에서 필요한 것이라도 내가 그것을 손에 넣는
순간 반짝 하고 기쁨과 만족을 체험하지만 조금 지나면 또다시
새로운 것을 갈망하게 되는데 원인은 외적인 물질로서는 지속적
기쁨과 만족함을 이어갈 수 없기 때문이다. 그래서 물질의 욕망
은 아무리 채워도 채워지지 않는 것이다.

내면의 기쁨과 내면적으로 만족을 가져다주는 기쁨은 드러나
지 아니하고 내면에서 우러나는 기쁨과 만족인 것이다. 내면의 만
족함이란 내면에서 일어나고 우러나고 드러나는 기쁨을 인식할
수 있는 지혜의 눈을 떠야 내면에서 드러나고 일어나는 기쁨을
보고 느끼고 즐길 수 있고 지속적으로 기쁨과 만족을 누릴 수 있
는 것이다.

66
이병철 회장의 질문에 대한 필자 나름의 생각

1. 신의 존재를 어떻게 증명할 것인가.

신의 존재를 증명 또는 입증하는 것은 신의 개념부터 정의하면, 신의 존재를 증명하는 것은 삶을 이어가기 위해 호흡을 하는 것보다도 쉽게 이해할 수 있다.

신이란 무엇인가. 그리고 신은 어디에서 존재하고 있는가. 신의 존재를 신의 의미와 성격을 나 이외의 다른 곳에서 찾으려고 한다면 우리 인간은 신의 존재를 영원히 찾을 수 없을 것이다.

왜일까. 지금 신을 찾고 있는 나 청소부 성낙영이란 존재가 신을 찾고 있다면 청소부인 성낙영이 현재 살아 있지 않다면 신을 증명할 수도, 말할 수도 없을 것이다. 그리고 신이라는 개념은 오직 말씀을 사용(言用)해서 나타낼 수 있고 증명할 수 있으나 실질적 신은 그 말씀 안에 언어 안에 갇혀 있지 않은 언어의 테두리 안에 존재하지 아니하고 말씀과 언어의 근원적 바탕으로 존재한다는 사실이다.

그러나 보이는 사물이나 보이지 아니하는 근원을 우리가 사용하고 있는 말로써 나타낼 수밖에 없는 한계점에서 살아가고 있는 것이 우리 인간이지만 말이나 인간의 생각의 영역 밖에 존재하는 신을 증명하려면 그래도 말씀으로밖에 설명할 수밖에 없다. 그래서 신을 증명하자면 나를 이해한다면, 즉 나를 안다고 하면 신이 증명이 되지 않을까 싶다.

나는 청소부 성낙영이다. 나라는 존재에서 생명이 없어지면 나는 더 이상 청소부 성낙영이 아니고 시체일 것이다. 그렇다면 나의 보이는 육신은 참나가 아니고 육신 속에 존재하는 생명이 곧 나인 것이다. 생명은 보이지 않으나 나를 지탱하게 하고 존재를 이어갈 수 있도록 운행하는 주인이 곧 참나인 동시에 신이라고 말할 수 있다. 나의 육체 속에 깃들어 존재하는 생명을 깨닫게 되면 깨달은 존재를 신이라든 생명이라고 하든 별로 문제될 것이 없다. 여기서 중요한 것은 참나인 생명을 깨닫고 깨달은 생명이 어디서 왔는가를 깨치면 신의 존재를 증명할 것도 없이 나의 삶 자체가 신의 삶이라는 것이다.

2. 신이 인간을 사랑했다면 왜 고통과 불행과 죽음을 주었는가.

사랑이란 무엇인가를 깨닫는다면 신이 인간을 사랑한다, 사랑하지 않는다는 생각은 사랑을 사랑이란 맛과 멋 또는 의미를 모르고 사랑은 막연히 신의 소유이고 신의 능력이며 신만이 사랑의 주인으로서 사랑을 관장하고 사랑을 주관하고 사랑을 베풀고 사랑을 분배하여 주는 능력이 있고 사랑의 주인으로서 오직 신만이 사랑을 주고 사랑할 수 있다고 믿고 생각하기 때문이다.

사랑이란 기쁨과 즐거움의 최고점의 파워요, 에너지요, 기운이며, 파동이고, 진동이다.

이와 같은 사랑의 최고며 최선(最善)이며 지고지선(至高至善)한 사랑의 진동과 파동은 이미 모든 생명에게 부여되었다는 사실이다. 다만 개체적 개성생명이 그 사랑의 파워, 즉 진동과 파장을 나타내는 능력이 크고 적은 천차만별의 차이만 존재할 뿐이고 누구나 사랑을 소유하고 사랑을 나타내고 사랑을 주며 사랑을 받는다는 사실은 동일하다고 할 수 있다. 그래서 사랑이란 오직 신만이 줄 수 있고 신만이 사랑할 수 있는 것이 아니라 모든 생명이 주어진 능력 범주 내에서 사랑을 행할 수 있는 것이다.

-왜 고통을 주었는가.

나타난 모든 생명체는 내외(內外)의 양면으로 구성되었다. 따라서 어떤 문제의식을 바라보는 생각과 지켜보는, 즉 바라보는 주체도 외적인 주체가 바라보는 관점과 내적인 주체가 바라보는 관점으로 보게 되는 것이다. 고통이라는 것을 바라보는 관점도 외적으로 바라보고 지켜보자면 고통스럽고 괴로울 수도 있겠지만 내적인 의식의 관점으로 바라보게 되면 그곳에 고통과 불행은 없고 보이지 않는다. 고통과 아픔이란 육체적 감각기능의 영역이며 삶에서 절대적으로 필요한 촉진제이고 각성 신호등이며 계지의 깜빡임인 것이다.

-왜 불행과 죽음을 주었는가.

불행이란 행복의 부재이다. 행복은 사랑에서 오는 것이고 불행은 사랑이 부족한 상태인 것이다. 사랑이란 긍정적인 힘이고 긍정적인 생각이고 감사하는 마음이다. 긍정적 생각과 사랑하는 마음과 감사하다는 생각과 말을 하게 되면 불행이 설 자리가 없고 불행이 끼어들어 참견하지 못한다. 그리고 불행이나 행복은 대다수가 외적이며 상대적 생각에서 오는 것이 아니고 스스로의 마음가짐에 달려 있다는 것이다.

아무리 어려운 상황에 처해도 불행을 생각하지 않으면 행복할 것이고 행복이란 한계가 없는 것이므로 스스로 만족한 상태를 연출하노라면 불행이 고개를 들지 못하고 불행이 참견하지 못할 것이다.

-왜 죽음을 주었는가.

우주 만물만상, 모든 생명체는 유한성과 무한성의 두 가지의 성질로 구성되어 있다. 죽음이란 의미를 사람의 입장에서 생각해보자면 사람도 역시 유한성과 무한성의 두 가지 요소로 구성되었다. 물질적 요소로 구성된 육체인 우리 몸은 소멸될 수밖에 없는 재료로 구성되었기 때문에 언젠가는 소멸로 가야하는 것이 진리인데 대다수 우리들은 이와 같은 육신의 소멸의 길인 죽음을 받아들이기를 거부한다. 죽음을 거부한다고 죽지 않는 것도 아니지만 모두는 죽기를 싫어하는 것이 사실이다. '나'라는 존재는 유한성과 무한성의 양면으로 구성되었는데 지금 이 순간도 마음 한 자락은 무한성인 나의 개성생명을 인식하지 못하고 깨치지 못한 연고로 본래 나인 개성생명은 죽지 않고 소멸되지 않는 사실을 모르기 때문에 눈에 보이고 생각에 잡히는 육신의 소멸로 가는 것을 죽음으로 생각하고 두려워하고 거부하는 것이다. 우리가 잠을 자는 동안은 세상이 어떻게 돌아가는지 알지 못한다. 잠이라는 세계로 가는 것은 잠이라는 세계로 가는 것은 그곳에서 무슨 일이 일어나는지 알지 못한다. 죽음 또한 죽음이라는 그 세계는 알지 못하므로 두려워하고 가기를 싫어하면서 잠이라는 세계로 잠이라는 공간으로 가는 것은 시간이 지나면 깨어날 수 있는 사실을 알고 있기 때문에 잠으로의 여행을 자연스럽게 받아들이고 즐기지만 죽음의 여행 죽음의 세계로 가면 다시는 돌아올 수 없다고 생각하기 때문에 이를 거부하는 것이다. 거부하고 사양한다고 가지 않을 수 없는 절대적 진리이며 불가항력인데 결론은 지금 여기 머무는 동안 참나요, 본래 나요, 본래부터 '나'라는 개성생명을 깨치는 것이 삶에서 가장 중요한 과제다.

3. 종교란 무엇이며 왜 인간에서 필요한가.

우주에 모습을 드러낸 모든 생명체는 보이는 부분인 몸과 보이지 않는 영혼 또는 생명, 즉 내외(內外) 양면으로 구성되었다는 것이다.

그런데 생명체가 세상에 태어나서 유년, 청년, 장년, 노년을 성장하고 변해 가는 과정은 무지에서 미지의 세계로 여행인 것이다.

그 어떤 생명체도 태어남과 동시에 살아가는 방법을 다 알고 태어난 생명체는 없을 것이다. 사람을 놓고 생각해 보자면 성자도 구세주도 도인도 성인도 태어날 때부터 그와 같은 지혜와 지식과 인품을 갖추고 태어난 사람은 아니다.

모두는 무지, 즉 알지 못하는 상태에서 알 수 없는 세계로의 여행과정에서 보다 이상적이고 안전한 삶의 여행을 도와주고 가르쳐 주는 주체가 학교와 종교인 것이다. 우리 생명체들은 육체와 영혼 또는 몸과 마음 양면으로 구성되었으니 가르치고 배우는 상태도 외적인 교육과 내적인 교육으로 가르치고 배워야 한다는 것이다. 외적인 교육기관이 학교와 내적인 교육기관이 종교라고 할 수 있을 것이다.

-인간에게 종교는 왜 필요한가.

우리들은 내외 양면적 교육을 받지 않더라도 삶의 여행을 할 수 있는 것이다. 그러나 내적으로나 외적인 교육을 받지 않고 삶의 여행을 하자면 삶을 즐기면서 갈 수 없고 답답하고 지루한 삶의 여행이 될 것이다. 아무것도 보이지 않고 볼 수 없는 칠흑 같은 어두움 속을 걷는 것과 광명천지 밝은 날에 걷는 여행은 하늘만큼 땅만큼 차원이 다를 것이다. 그래서 우리들은 배우고 가르치는 상대적 관계에서 상호간 서로 교류하고 소통하면서 좀 더 자유롭고 이상적이며 기쁨과 즐거운 삶이라는 인생여정을 즐기기 위해서 외적인 교육기관인 학교와 내적인 교육기관인 종교가 필요한 것이다.

4. 우리나라는 두 집 건너 교회가 있고 신자도 많은데 사회범죄와 시련이 왜 이렇게 많은가.

교회란 무엇인가를 이해한다면 모든 궁금증과 의문이 풀릴 것이다.

모든 생명체는 보이지 않는 생명의 세계에서 보이는 물질세계로 태어난 것이고 태어남과 동시에 외적인 지식과 내면적인 지혜를 다 알고 태어난 사람은 없을 것이다. 우리는 알 수 없는 곳으로부터 알지 못하는 무지의 세계로 태어났으며 무지의 세계 그 미지의 세계로의 여행이 인생살이 사람의 삶인 것이다. 인생은 태어나서 보고 듣고 배우고 경험함으로써 삶은 조금씩 앞으로 자유로워지는 것이다. 듣고 보고 배우고 경험하도록 도와주고 이끌어주는 주체가 학교와 교회인 것이다. 학교는 외적인 육체의 지식과 정신의 발달, 즉 인생이 삶의 기본적 가치와 사람답게 살아갈 수 있는 지식을 배우고 가르치는 곳이 학교라면 물질로 구성된 육신, 우리 몸 안에 존재하고 있는 또 다른 참나요, 본래 나를 깨닫게 인도하고 깨달은 참나를 더욱 성장하고 발전하도록 가르쳐 주고 배워나가는 곳이 교회라고 할 수 있을 것이다. 우리 몸은 태어나서 세월이라는 시간과 공간을 지나면서 변하면서 성장하고 성숙되어 가는 것을 세상에서는 나이를 먹고 늙어간다고 생각하는데 우리는 늙어지는 것이 아니고 변해가는 것이다.

우주 만물 만상의 자연법칙은 변해가고 발전하고 성숙되는 것이다.

자연에서 보자면 하나의 씨앗이 땅에 심어지면 그 씨앗이 간직하고 있는 본래의 모습으로 세상에 모습을 드러내고 계속 성장하면서 변해 가는데 만약 만물이 이와 같이 변하지 않고 변하기를 거부한다면 그냥 하나의 종자로서 존재할 수밖에 없을 것이다.

생명체가 그와 같이 변하는 것은 자연의 법칙을 따르는 것이고 우주의 법칙을 지키는 것이면서 생명체의 성장과 발전으로 변하는 것이다.

자연에서 하나의 씨앗이 발아해서 새싹이 솟아나 줄기와 잎과 꽃으로 성장해서 열매로의 결실을 하는 과정을 늙어간다 라고 하지 않고 자연법칙에 따라 순응하고 변하면서 성숙되었다고 보는 것이다.

생명체는 내외 양면으로 구성되었으며, 보이는 육신보다 보이지 않는 영혼이며 생명이라고 하는 참나인 개성적 생명 개체적 생명도 가르치고 배우는 곳이 종교요, 교회인 것이다.

우리나라는 두 집 건너 교회가 있을 정도로 많은데 사회범죄와 시련이 왜 그리 많은가.

학교의 사명이 육신의 성장과 발전을 위한 보고 듣고 경험하도록 가르치고 배우는 곳이라면 교회와 사명은 영혼의 성장, 본래 나인 개성 생명체인 참나를 성장하고 성숙하여 내외 양면인 나를 온전한 인격체로 성장하고 성숙하도록 가르치는 곳이 교회일 것이다.

그런데 우리나라는 두 집 건너 교회가 있을 정도로 많은데 왜 사회는 그리도 혼란스러운가.

물질로 구성된 육체도 삶을 이어가고 성장하고 발전하기 위해서는 에너지 공급이 필수조건이며 그와 같은 에너지원은 물질로 된 음식을 제공해주어야 육신의 존재유지는 물론이고 성장하면서 변해갈 수 있는 것이다. 이것은 우주의 섭리요, 자연의 법칙이며 더 나아가서 우주의 근본이고 우주의 주인이신 생명의 원천이며 하나님 또는 한울림의 근본사상이자 뜻인 것이다.

인생은 태어나서 세월 따라 변하고 성장하는 육신의 변하고 성장하는 것에 상응하는 개성생명도 변하고 성숙되어야 할 것이며 육신이 성장하면서 변해갈 수 있는 힘인 에너지 재료가 되는 음식을 섭취함으로써 삶의 존재 유지가 가능하며 성장하듯이 영혼, 생명, 즉 나의 개성생명도 성장하고 변해갈 수 있는 힘이고 에너지인 영혼성장에 필수요소를 제공해주고 이해하고 깨치고 알아차릴 수 있게 도와주는 것이 교회의 사명인데 지금의 교회에서 가르치고 배우는 과정이 영혼성장에 뒷받침이 되지 못하고 핵심적인 중요한 부분이 부족하기 때문에 인생에서 몸은 변하고 성장하면서 영혼은 변하고 성숙되지 않았기 때문에, 즉 영혼의 비성장이며 생명의 철부지로서 세상 삶을 살아가기 때문에 그와 같은 혼란과 시련이 많은 것이다.

5. 지구(地球)의 종말은 오는가.

종말은 끝을 뜻한다.

종말이란 것도 드러난 세상과 드러나지 않은 세상, 즉 양면으로 끝이라는 의미를 살펴보자면 드러난 세상은 즉 물질의 세상 물질의 법칙은 변한다. 변하지 않은 것은 존재하지 않는다.

물질이 순환법칙에 의해서 변하는 과정을 종말이고 끝이라고 말할 수 없고 다만 변하면서 새로워진다는 것이다.

지구도 역시 변하면서 새로워지며 발전한다. 변하면서 발전하지 않고 고정되고 머물러 있는 것은 성장하고 발전하는 것이 아니다. 이러한 이치로 보게 되면 지구의 종말이란 없는 것이며 영원히 변화하고 발전하며 성장하면서 영원히 존재한다. 우주 연륜이 137억 년이고 지구의 연륜이 46억 년 이라고 하는데 1억이란 돈을 1평생 세어도 다 못 센다고 하는데 137억 년의 우주의 연륜과 46억 년의 지구의 연륜은 그저 천문학적 상상의 숫자이며 인간의 계산법으로는 헤아릴 수 없는 무량겁 무량수인 것이다. 인생이 100년을 산다고 하면 46억 년이라는 세월은 그저 상상의 수치일 뿐이다. 인생은 100년, 200년을 산다고 해도 삶이란 오직 지금 이 순간인 현재 살아가고 있는 것이니 나의 육신이 삶이 끝난 그 후의 생각을 하는 것은 쓸데없는 근심이요, 걱정인 것이다.

지구의 종말이 있다, 없다는 우리 인간이 생각하고 말할 수 있는 생각과 말의 테두리 안의 그 무엇이 아니라 오직 우주와 지구의 자생능력으로서 이루어지는 것이고 우리 인간의 생각이나 말로써 설할 수 없는 차원이다.

우리는 내일 천지개벽이 일어난다고 해도 지금 오늘 희망의 꿈, 소망의 꿈나무 한 그루를 심고 그 희망나무 한 송이 꽃이 기쁨과 즐거움으로 활짝 필 것을 기대하며 순간을 열심히 살아갈 것이다.

종말은 끝을 의미하고 아무것도 없는 무로 사라져 버리는 것을 의미하는데 우주는 둥글고 지구도, 별도, 달도, 모두 동그라니 둥글다. 지구는 일직선으로 나갈 수 없고 돌고 돌면서 돌아간다. 지구의 잠재능력은 직행이 없고 오직 도는 돌아가는 원형이니 끝없이 돌고 도는 일이 지구의 능력이니 지구는 영원히 돌아가는 것이다.

지구는 종말이 없고 끝없이 돌아가고 영원히 돌아가리라.

侍心喜樂造化全身
시심희락조화전신

應保生命天神振窮
응보생명천신진궁

喜悅天父常樂天母
희열천부상낙천모

固有個性知慧生命
고유개성지혜생명

永遠無窮自振常動
영원무궁자진상동

無限能力永遠生命
무한능력영원생명

光明宇宙生素融合
광명우주생소융합

知慧慈悲生命울臨
지혜자비생명울림

應視本源一念集中
응시본원일념집중

喜樂振動自然觀照
희락진동자연관조

呼覺放出吸智宇宙
호각방출흡지우주

靈嘉常樂法性身悅
영가상락법성신열

至高至善至美至妙
지고지선지미지묘

生命創造治愈健剛
생명창조치유건강

氣稟知慧慈悲
기품지혜자비

完全完璧튼튼
완전완벽튼튼

造化全身幸福
조화전신행복

生素思朗健剛
생소사랑건강

靈魂充滿氣稟
영혼충만기품

에필로그

21세기를 살아가고 있는 세계인류는 자각하든 자각하지 못하든, 원하든 원하지 않든 신인류로 해야 할 의무와 사명을 다해야 할 시대적 소명이 있습니다. 그 소명의식을 다하고 나는 무엇이며 어디서 와서 어디로 가는가를 확실하게 깨달아서 나를 분명하게 아는 것이 신인류로 도약하는 지름길이 될 것입니다.

인류역사가 출발과 동시에 더 진화된 인류로 성장하고 발전하기 위해 사용해온 모든 종교의식과 예배의식, 만트라, 즉 기도문을 한 차원 진화시켜서 누구나 쉽게 접하고 누구나 쉽게 기쁘고 즐겁게 건강한 삶을 누릴 수 있도록 한 기도문이 앞에 나온 만트라이고 기도문입니다. 이 기도문과 만트라는 누구나 믿고 암송하면 기쁨의 진동과 파동과 파장의 주파수가 형성되면서 지금까지 한 번도 경험해보지 않은 의식의 변화를 아주 쉽게 느낄 수 있을 것이라는 사실을 확실하게 자신 있게 말씀드리는 바입니다.

가장 아끼고
가장 위하고
가장 소중한 분에게
꼭 권하고
꼭 전하고 싶은 책